소설과 함께 떠나는 다크투어

소설과 함께 떠나는

다크투어

이다빈 지음

아트로드

들어가며

신종 코로나바이러스 감염증(코로나19)으로 세계의 문은 닫혔고, 삶에 어둠이 내려앉았다. 캄캄한 도시의 어둠 속에서 나는 그림자를 감싸 안고 조심스럽게 다섯 도시로 여행을 떠났다. 소설 속 주인공들이 살았을 법한 장소에서 멈추고, 게으른 시간을 보내면서 주인공들의 행적을 관찰해 보았다.

시대를 비껴가고 앞선 작가들의 우울이 도시의 거리에 안개처럼 깔려 있었다. 소설은 역사에 기록되지 않은 개별적 인물의 내면세계까지 들여다보게 하는 것 같다. 사라진 것처럼 보이지만 그것은 무의식 속에 저장되어 있어서, 아련한 향수를 자극하기도 하고 때로는 현기증을 일으키게도 한다.

70년 전에는 6·25전쟁이 일어났고, 60년 전에는 4·19혁명이 일어났다. 50년 전에는 노동운동에 획을 그었던 전태일 분신 항거가 일어났고, 40년 전에는 5·18광주민주화운동이 일어났다. 이렇게 역사적으로 큰 사건들이 10년 주기로 일어났는데 2020년 육십갑자의 37번째에 해당하는 올해 경자년은 코로나19로 기존 질서가 무너져 내렸다.

하지만 뜻을 세우면 봄은 쓰러지지 않는다. 우리는 전쟁의 잿더미에서 일어선 경험을 가지고 있다. 코로나19로 잃어버린 마음을 찾기 위해 나는 시간의 장벽을 넘어가 보기로 했다. 어두운 역사 속 사람들의 이야기를 노둣돌 삼아 끊어진 도시의 강을 건넜다. 감염의 냄새에 차츰 익숙해지자 소설 속 인물들이 현실과 꿈의 경계에서 모호하게 연결되어 있는 것이 보였다. 널브러져 있던 과거의 잔해가 벌떡벌떡 일어서는 것을 느끼면서 어쩌면 감염으로 우리는 정상으로 돌아오고 있는 건지도 모른다는 생각이 들었다.

북성포구의 생선처럼 노동의 새벽을 펄떡펄떡 튀어 오르는 인천은 세계의 하늘로 뻗어 나가고 있었다. 제주도는 우리에게는 관광지이지만 제주 사람들에게는 싸움터였고, 그들의 바다는 눈물, 콧물, 땀이었다. 피란수도 부산에서 만난 을숙도 수렁의 갈대는 모래톱 이야기를 고요히 석양빛에 뽑아 올리고 있었고, 아미동 비석마을 사람들은 무덤 사이의 거리를 골목 삼아 다니고 있었다. 고층빌딩 뒤 구부러진 이야기들이 가득한 서울의 골목은 잃어버린 감성을 찾아다니는 젊음의 실험실이 되어 가고 있었다. 달구벌 대구에게 손 내밀고 달빛동맹을 맺은 빛고을 광주에서는 군인들의 '화려한 휴가'에 놀랐던 꽃들이 고향으로 돌아가고 있는 것을 보았다.

다섯 도시를 여행하면서 옷자락에 묻은 눈물조차 닦아내지 못하고 '나' 아닌 것과 우정을 이루어낸 서러운 사람들의 일상을 보았다. 먼 나라에서 온 동포들의 애달픈 이야기도 들었다. 과거에서 미래로 가는 길에서 만난 그들은 또 다른 나의 모습이었다.

어둠이 깊어야 아침이 온다. 시간을 버린 죽음이 육각커피 같은 고독을 앞질러가고 철공소 주인들의 언어는 녹슬었지만, 소설은 그것을 미래로 건져 올린다. 여기 그 오래된 사람들의 이야기 속에서 자신을 찾아보면 어떨까.

2020년 여름

이다빈

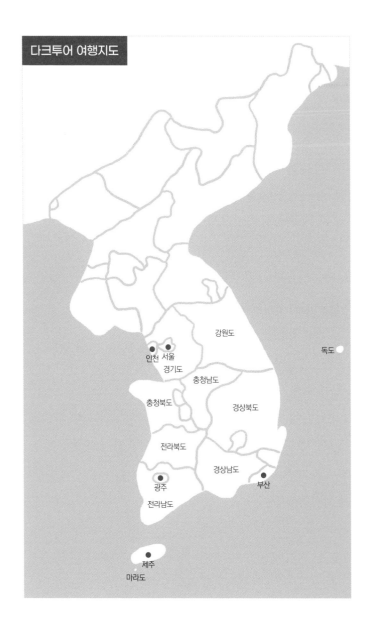

다크투어 여행지도

강원도

인천 ● ● 서울

독도 ●

경기도

충청남도

충청북도

경상북도

전라북도

경상남도

광주 ●

부산 ●

전라남도

제주 ●

마라도

목차

1장

개항의 물결따라 **인천**

인천 여행지도

만석부두

원괭이마을
특화거리

두산인프라코어

만석동

괭이부리마을
보금자리아파트

제물량로

북성포구

동일방직

화도진로

수도권제2순환고속도로

동구

화평동

세숫대야
냉면거리

현덕 집

송현동

수도국산
박물관

인천대로

북성동

송학동

자유공원

짜장면
박물관

청일 조계지

선린동

대불호텔

아트플랫폼

중양동

해안동

홍예문

중구

화평철교

송림동

송림로

금곡동

배다리
성냥마을박물관

배다리
헌책방거리

동인천역

신포역

①

가난에 맺힌 땀방울

화평동 성냥박물관 북성포구 동일방직 만석동

📖 책 속의 책

현덕, 「남생이」,1938
김중미, 『괭이부리말 아이들』, 2000
강경애, 『인간문제』,1934

허기진 삶의 골목 화평동

냄비 하나 사기그릇 몇 개를 엎어논 가난한 부뚜막에
볕이 들고, 아무도 없는가 하면 쿨룩쿨룩 늙은 기침소리
가 난다. 거푸 기침소리는 자지러지고 가늘게 졸아들더
니 방문이 탕 하고 열린다. 햇볕을 가슴 아래로 받으며
가죽만 남은 다리를 문지방에 걸친다. 가느다란 목, 까
칠한 귀밑, 방 안 어둠을 뒤로 두고 얼굴은 무섭게 차다.

－「남생이」 중

　1930년대 인천항 부근의 빈민촌에 사는 노마 아버지처럼 일제
강점기부터 인천에는 농촌에서 터전을 잃고 새로운 삶을 찾아온
이주민들이 많았다. 당숙을 따라 인천으로 온 현덕도 이곳에서
소설 「남생이」를 탄생시켰다.
　마름의 횡포에 대항하다 땅을 뜯긴 노마 아버지는 선창벌이가
좋다는 말을 듣고 인천항으로 와서 소금을 져 나르는 일을 하다
가 그만 병을 얻고 말았다.

　번히 쓰레기꾼이란 정작 볏섬도 산으로 쌓이고 낙정미

도 많이 흘려 있는 지대조합 구역 내에는 얼씬도 못하고, 목채 밖에 섰다가 벼를 싣고 나오는 마차가 흘리고 가는 나락을 쓸어 모은다. 그러나 기실은 구루마 바닥에 흘려 있는 나락을 쓸어 담는 척하고 볏섬에다 손가락을 박고 치마 앞자락에 후비어내는 것을 본직으로 꼽는다. 그러다 들키면 욕바가지를 들쓴다.

일제강점기 인천항의 선착장이었던 칠통마당엔 조선의 미곡을 일본으로 보내기 위해 볏섬과 쌀가마니가 산더미처럼 쌓여 있었다. 남자들은 볏짐과 소금을 져 날랐고, 여자들은 낙정미를 쓸어 담았다. 소금창고가 생기자 전국의 새우잡이 배들도 몰려왔다. 골목길과 사잇길은 떡과 막걸리를 싣고 팔러 다니는 들병장수, 엿장수들이 오가며 북새통을 이루었다.

남편이 병으로 드러눕자 노마 어머니는 선창에서 낙정미를 쓸어 모으는 쓰레기꾼으로 나섰다. 그러다가 얼굴이 반반해서 쓰레기꾼을 쫓는 털보와 같은 남자들에게 인기를 얻게 되자 수입이 더 나은 들병장수가 되었다.

지하철 1호선을 타고 동인천역에서 내려서 중구와 동구가 나뉘어지는 화평철교 아래를 지났다. 관광지로 각광받고 있는 개항

장이 있는 중구와 다르게 동구의 역사는 오래 전에 멈춰버린 듯했다.

노마 어머니는 집으로 찾아온 털보와 함께 있기 위해 밤을 사오라며 밤중에 어린 노마를 집 밖으로 내보낸다. 노마는 무서워하며 화평철교 밑을 지나 견과류를 파는 싸리전 노점상에서 밤을 사가지고 오다가 아버지를 만난다. 노마가 놀라서 밤을 떨어뜨리자 아버지는 뭇 사내들과 놀아나는 아내에 대한 화풀이로 밤을 밟아 뭉개 버린다.

현덕이 살았다고 추정되는 화평동 78번지 골목 근처에는 인천에서 가장 오래된 목욕탕과 여관, 낡은 집들이 좁은 골목을 끼고 다닥다닥 붙어 있었다. 현덕의 집안은 대한제국 말기까지만 해도 부유했지만 아버지가 가산을 탕진하는 바람에 가족은 뿔뿔이 흩어졌다. 현덕은 어린 시절 대부분을 당숙이 살았던 대부도와 인천에서 보냈는데 당숙이 죽고 형편이 어려워져서 학교를 계속

화평철교와 현덕이 살았다고 추정되는 집

다닐 수 없게 되자 동화를 쓰기 시작했다. 캄캄한 시절 햇빛도 들지 않은 거리를 헤매는 현덕을 붙잡아 준 것은 어두운 삶 속에서도 꿈을 좇는 아이들이었다. 낙천적인 아이들을 동화 속에 그려낸 현덕은 1938년 「남생이」로 조선일보 신춘문예에 일등으로 당선되었다.

평평하다고 해서 붙여진 화평동은 지대가 낮아서 과거에는 비가 내리면 갯골이 생겼다. 수문통 끝자락에 있던 주민들은 떠내려 온 생활하수 때문에 악취를 맡으며 살아야 했다. 지금은 콘크리트로 물길이 막혀 있지만 1930년대까지만 해도 쪽배가 다녔다.

경인선 철도변을 따라 형성된 화평동 냉면거리에 들어서자 저마다 화평동 냉면의 원조임을 내세우는 간판들이 줄지어 있었다. 과거엔 양화점과 양복점, 구둣방 등이 늘어서 있었고, 인천에서 가장 오래된 솜틀집도 있었다. 지금은 가볍고 따뜻한 오리털이나 거위털에 밀려났지만 솜이불은 춥고 힘들었던 시절 고단한 사람들의 몸을 포근하게 덮어 주었다. 근처에 공동우물도 있어서 아낙들은 빨래를 해서 화평철교를 따라 널었다.

'70년대 화평동 냉면이 최초로 시작된 곳'이라며 주인의 얼굴까지 크게 붙여 놓은 냉면집이 눈에 들어왔다. 배가 든든해야 여

화평동 골목길과 세숫대야냉면거리

행도 즐거운 법이다. 세숫대야 냉면으로 유명한 화평동 냉면을 먹어보지 않을 수 없어서 가게 문을 열고 들어갔다. 가게의 간판과 내부는 70년대 모습을 크게 바꾸지 않은 것 같았다. 세숫대야라고 부를 만큼 커다란 그릇에 냉면이 담겨져 나왔다. 함께 내온 직접 담근 열무김치와 고추장아찌는 사람들의 추억을 소환하기에 충분했다.

인천항과 공장 노동자들은 갈증을 달래주는 시원한 냉면을 찾아 이곳으로 몰려들었다. 주인장은 사람들이 자꾸만 냉면 사리를 더 달라고 해서 아예 냉면 그릇을 크게 만들었다고 했다. 저렴하고 푸짐해서 당시 노동자들에게 이만한 음식은 없었을 것 같았다. 한 그릇을 다 먹기엔 양이 너무 많아서 반쯤 남기고 일어섰다.

희망의 불씨 배다리성냥마을박물관

하기야 하루 만 개 가까이만 붙였으면 공전이 일 원 오십 전, 그만하면 우선 급한 욕은 면하겠고 그리고 노마 어미에게 할 말도 하겠고, 하루 만 개! 그러나 궁하면 통하는 법이니 인력으로 아니되란 법도 없으리라. 오냐 만

개만 붙여라– 번히 그는 열에 동하기 쉬운 성품이어서 매무시를 졸라매며 서둘렀다.

노마 아버지는 항구로 나가는 아내를 들어앉히기 위해서 집에서 성냥갑 붙이는 일을 시작했다. 몸은 병들었지만 자존심에 성냥불을 붙여본 것이다. 하지만 성냥 붙이는 일은 손에 익지도 않고 수입도 되지 않았다.

성냥박물관으로 가는 길에 수도국산 달동네박물관이 보여서 올라가 보았다. 인천 시가지가 한눈에 내려다보이는 이 야트막한 산은 소나무가 많아서 송림산 혹은 만수산이라 불렀다. 인천은 우물이 적고 수질이 나빠서 개항 이후 증가한 인구와 선박으로 물 확보가 절실했다. 일제는 수도국을 신설하고 이 산의 꼭대기에 노량진에서 끌어온 물을 저장하는 배수지를 만들었다. '수도국산'이라는 이름도 이곳에 수돗물을 담아두는 배수지를 설치

수도국산 달동네박물관

하면서 붙인 이름이다. 일제강점기 일본인들과 중국인들에게 일자리를 빼앗긴 조선인들은 이곳까지 찾아들었다. 한국전쟁 이후에는 피란민들이 몰려와서 판잣촌을 이루고 살았다. 창문을 열면 달을 볼 수 있다 해서 '달동네'라 불리던 이 마을은 1998년 재개발사업으로 철거되고, 수도국산 달동네박물관이 들어섰다. 박물관 안에는 60~70년대 수도국산 달동네 풍경이 그대로 재현되어 있어 삶에 지쳐 추억을 소환하고 싶을 때 찾으면 좋을 듯싶었다.

배다리마을로 들어섰다. 배다리는 헌책방거리로 알려지기 이전엔 성냥으로 유명한 곳이었다. 1917년 인천 송림동에 조선인촌주식회사가 문을 열자 여성들은 사회 진출의 기회를 얻게 되었다. 일제가 여성 근로자들을 기용한 것은 인건비가 저렴하고 손이 섬세했기 때문이다.

> 인천의 성냥공장 성냥공장 아가씨
> 하루에도 한 각 두 각 낱각이 열두 각
> 치마 밑에 감추고서 정문을 나올 때
> 치마 밑에 불이 붙어 잠깐!
>
> −〈인천의 성냥공장 아가씨〉 중

'인천' 하면 성냥공장이 떠오르는 것은 60~70년대 유행했던 이 노래 때문이다. 성냥공장 아가씨들은 퇴근할 때 가난한 집안 살림에 보태기 위해 치마 밑에 성냥 한 통씩을 훔쳐서 퇴근했는데 당시 남자들은 일본 군가에 저급한 가사를 바꿔 불렀다.

6·25전쟁을 전후해서 금곡동과 송림동, 화수동 일대 주택가에 즐비했던 성냥공장들은 80년대 값싼 중국산 성냥과 일회용 라이터가 등장하면서부터 대부분 문을 닫고 말았다.

배다리성냥마을박물관 안에는 기린, 유엔, 낙타, 아리랑 등 다양한 이름의 성냥갑들이 전시되어 있었다. 박물관 한쪽에는 당시 성냥갑을 만들던 가정집과 배다리 근처에 있던 다방이 재현되어 있었다.

인간은 불을 통해 많은 것을 이루어냈는데 인천에 들어온 성냥도 근대문물에 불을 지폈다. 과거 성냥은 생필품이었다. 아궁이에 불을 지필 때, 담배를 피울 때, 뱃사람들이 엔진에 불을 붙일

배다리성냥마을박물관

때도 성냥을 썼다. 집들이 선물로 성냥을 주기도 했는데 불길처럼 번창하라는 뜻에서였다.

성냥을 꺼내 불을 붙이던 안데르센의 동화 「성냥팔이 소녀」처럼 노마 아버지도 차가운 몸을 성냥불에 맡겼지만 성냥불은 오래 가지 못했다.

병든 아버지를 돌보던 노마는 아버지에게 남생이가 생기자 자유로워졌다. 하지만 아들에게 학생모자 하나 사주겠다고 벼르던 노마 아버지는 지구너머 먼 곳으로 떠나고 말았다. 아이처럼 천진한 삶을 꿈꾸었던 현덕도 6·25전쟁이 발발하자 월북해서 1988년까지 남한에서는 그의 작품을 볼 수 없었다.

낙조의 시간 북성포구

호두형으로 조그만 항구 한쪽 끝을 향해 머리를 들고 앉은 언덕, 그 서남면 일대는 물매가 밋밋한 비탈을 감아 내리며, 거적문 토담집이 악착스럽게 닥지닥지 붙었다. 거의 방 하나에 부엌이 한 칸, 마당이랄 것이 곧 길이 되고 대문이자 방문이다. 개미집 같은 길이 이리 굽고 저리 굽은 군데군데 꺼먼 잿더미가 쌓이고, 무시로 매캐한 가루를 날린다.

소설 속 풍경처럼 자연이 빚어놓은 당시 호두형 포구의 모습은 찾아볼 수 없었다. 만석포구, 화수포구와 더불어 인천의 3대 포구였던 북성포구는 일제의 매립 정책으로 메워졌고, 산업도시로 성장하면서 공장이 들어섰다.

대한제분 공장 입구에 '북성포구'라고 적힌 입간판이 크게 보였다. 왼편에는 제2차 인천상륙작전 전승비가 세워져 있었다. 포구로 갈 건데 공장을 통해서 들어가야 한다는 게 이상했다. 다른 길은 없는 것 같아서 잠시 망설이다가 공장 옆길로 걸어가 보았다. 왼편의 목재공장 굴뚝에서 연기가 뿜어져 나왔다. 바다는 온통 갯벌이었다. 주변 갯벌을 매립하다 보니 바닷물이 드나드는 십자 모양의 갯골만 남은 것이다.

배 위에서 생선을 팔고 사는 선상파시를 보려고 물때를 맞추어서 왔는데 사람들이 몰려드는 것을 보니 곧 배가 들어올 모양이었다. 70~80년대 유명세를 떨쳤던 선상파시가 남아 있는 곳은 이제 이곳 북성포구뿐이다. 길게 펼쳐놓은 그물은 햇살에 꼬들꼬들 말라가고, 구멍난 그물을 깁고 있는 아낙은 세월을 잊은 듯했다. 아침에 연안부두에서 들어온 좌판의 생선들은 곧 있을 파

북성포구의 선상파시

시에 밀려 벌써부터 풀이 죽어 있었고, 갈매기들은 어선이 들어오는 것을 아는지 몰려들었다.

방파제에 앉아 기다린 지 얼마되지 않아 수로를 따라 배가 한 척씩 순서대로 들어왔다. 배가 정박하자마자 근처 생선가게 사장들이 배 위로 올라갔고, 곧바로 파시가 시작되었다. 펄떡이는 생선들처럼 싱싱한 목소리들이 여기저기서 터져 나왔다. 도시에선 좀처럼 보기 힘든 모습이었다.

파시가 처음 시작된 70년대에는 100여 척의 어선이 모일 정도로 번성했다고 하는데 오늘 들어온 배는 세 척뿐이었다. 몇 척 되지 않았지만 덕분에 가장 싱싱한 생선을 구입한 사람들은 흡족한 표정을 지으며 돌아갔다. 선상파시는 순식간에 파장했다.

아쉬운 마음에 포구를 따라 앞쪽으로 걸어가니 바다로 창을 낸 허름한 무허가 횟집들이 이어져 있었다. 바다는 세월의 파도에 밀려갔고, 이곳에 있던 사람들도 대부분 떠나갔지만 아직 남아 있는 몇 개의 횟집은 갯내음이 그리운 사람들을 기다리고 있었다. 갯벌이 매립되고 다른 곳처럼 깔끔한 회센터가 들어서면 포구의 낭만은 찾을 수 없을 것이다. 그러면 이곳을 찾던 이들은 어디로 가서 추억을 먹을 수 있을까. 연기를 뿜어대는 굴뚝 아래 남은 횟집들은 세월과 힘겨루기를 하고 있었다.

여성노동운동의 뿌리 동일방직

벽돌 삽십 장씩 지고 휘청휘청하는 나무판자 다리로 올
라갈 때 나무판자가 금방 부러지는 듯하여 굽어보면 몇
십 장이나 되어 보이는 아득한 지하가 마치 깊은 호수
를 들여다보는 듯이 핑핑 돌았다. 동시에 그의 다리가
풀풀 떨리며 머리털 끝이 전부 하늘로 올라가는 것을
느꼈다. –『인간문제』중

일제강점기 인천에 대규모 공업지대가 조성되면서 일자리를 찾
는 사람들이 전국에서 몰려들었다. 남자들은 부두에서 짐을 부
렸고, 여자들은 방직공장에 들어갔다. 1934년 발표된 강경애의
장편소설 『인간문제』의 주요 인물인 첫째도 매일 벽돌을 나르며
하루 임금에 몸뚱이를 맡기는 삶을 산다. 소작농의 아들인 첫째
는 지주에게 항의하다 농토를 빼앗기고 인천으로 와서 부두 노
동자가 되었다.

노동자의 벗으로 살고 싶어서 집을 나온 엘리트 청년 신철은
일용노동자가 되어 첫째를 노동운동에 끌어들이고 계급의식을
갖게 한다. 하지만 노동쟁의를 주도해서 감옥에 간 신철은 미래에

대한 암담함에 결국 사상 전향을 하고, 지주의 딸과 결혼하여 노동 현장으로 돌아오지 않는다.

한편 아버지를 죽음에 이르게 한 지주에게 정조를 잃은 선비는 고향을 떠나와 친구 간난이를 만나서 함께 인천 방직공장에 취직을 한다. 방직공장에서 여공들에게 의식을 일깨우는 활동을 하고 있는 간난이 역시 고향에서 지주에게 유린당하고 선비보다 먼저 서울에 올라왔다. 간난이는 선비에게 이렇게 말한다.

"저 봐라! 지금 야근까지 시키면서도 우리들에게 안남미 밥만 먹이고, 저금이니 저축이니 하는 그럴 듯한 수작을 하여 우리들을 속여서 돈 한 푼 우리 손에 쥐어 보지 못하게 하고 죽도록 우리들을 일만 시키자는 것이란다. 여공의 장래를 잘 지도하기 위하여 외출을 불허한다는 둥, 일용품을 공장에서 저가로 배급한다는 둥 전혀 자기들의 이익을 표준으로 하고 세운 규칙이란다."

노동 현장은 그들에게 희망이 되지 않았다. 대량생산이 가능한 기계가 들어왔지만 일본 공장주들은 조선인 노동자들의 일당을 착취했다. 결국 선비는 공장 일을 하다가 폐병에 걸려 시체가 되어서야 공장을 나오게 된다.

첫째는 고향에 있을 때부터 좋아했던 선비를 죽어서야 다시 만나게 되자 눈앞이 캄캄해진다. 첫째는 인간이 걸어가는 앞길을 가로지르는 컴컴한 현실 앞에서 인간 문제는 지식인에게서 구할 것이 아니라 노동자 스스로가 해결해야 한다는 사실을 깨닫는다.

선비가 일했던 동양방적은 만석동에 있는 동일방직이다. 70년대 동일방직에서도 『인간문제』에서 보여 주었던 비인간적인 일들이 발생했다. 당시 동일방직은 다른 공장들보다 월급도 많고 식사와 기숙사를 제공해 여성 노동자들이 선망하는 기업이었다. 하지만 노동자들은 휴일근무와 잔업, 철야로 기계처럼 일을 해야 했다.

1976년 참다못한 노동자들이 파업농성을 벌이자 곤봉으로 무장한 전투경찰이 회사 안으로 들이닥쳤다. 겁에 질린 여성 노동자들은 알몸으로 있으면 경찰이 손을 못 댈 거라고 생각하고 모

동일방직 (출처:인천시립미술관)

두 옷을 벗었다. 하지만 경찰은 아랑곳없이 곤봉을 휘둘렀고 머리채를 잡아 질질 끌고 갔다. 이 알몸시위는 어느 언론에도 보도되지 않고 유인물을 통해 알려졌다.

2년 뒤인 1978년에도 치욕적인 사건이 일어났다. 야간근무 후 지도부를 뽑는 투표 현장에 남성 노동자들이 느닷없이 나타나 "빨갱이년들!"이라고 외치며 여성 노동자들의 몸에 똥물을 뿌렸다. 놀란 여성 노동자들은 탈의실과 기숙사로 도망쳤지만 남성 노동자들은 끝까지 쫓아와서 코와 입에도 똥물을 부었다. 이 남성 노동자들은 회사를 등에 업은 어용 노조원들이었다. 이 사건으로 결국 선거는 무산되었고, 124명의 노동자가 해고되었다.

해고자들은 블랙리스트 명단에 올라 어느 사업장에도 취직을 할 수 없었고, 26년만인 2004년에야 해고자에 대한 복직 판결이 내려졌다. 2011년에는 노조탄압이 중앙정보부의 기획이었다는 사실이 밝혀졌고, 법원은 해고자들에게 일인당 2천만 원씩을 배상하라는 판결을 내렸다. 이 동일방직 사건은 이후 민주노조 운동에 큰 영향을 미쳤다.

황해도에서 태어난 강경애는 형부의 도움으로 평양 숭의여학교에 입학했지만, 3학년 때 동맹휴학 사건으로 퇴학당했다. 학교를 그만두고 국문학자 양주동과 지내면서 문학 소양을 쌓다가

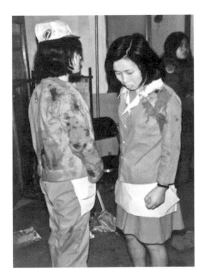

동일방직 똥물사건

사회주의자였던 장하일과 결혼했다.

『인간문제』의 배경은 강경애의 인생행로와 비슷하다. 그녀는 남편과 간도로 이주해 살면서 항일투쟁을 보았고, 인천을 거쳐 가면서 식민지 여성으로서 인간 문제를 깊이 관찰하게 되었다. 그러나 그녀는 인간 문제가 무엇인지 답을 내리지 못한 채 해방되기 한 해 전, 38년의 짧은 생을 마쳤다.

이 인간문제! 무엇보다도 이 문제를 해결하지 않으면 안 될 것이다. 인간은 이 문제를 위하여 몇 천만 년을 두고 싸워 왔다. 그러나 아직 이 문제는 풀리지 않고 있지 않은가! 그러면 앞으로 이 당면한 큰 문제를 풀어 나갈 인간이 누굴까?

괭이부리말 만석동

반찬값이라도 벌겠다고 여름내 마을을 까던 괭이부리 말 사람들은 가을이 되면 이듬해 봄까지 굴을 까기 시작한다. 덕적도나 인천 앞바다의 섬에서 양식한 굴을 중개인이 실어다 주면 한 포대씩 사서 깐 다음에 연안 부두에 내다 파는 것인데, 마늘 까는 일보다 힘은 들지만 벌이가 쏠쏠해서 괭이부리말 사람들에게 아주 소중한 일거리였다. -『괭이부리말 아이들』 중

부두 공장 담벼락에 판자와 천막으로 얼기설기 지어놓고 굴을 까던 곳은 최근 모두 철거되었다. 만석부두로 가는 길 고가도로 아래 알루미늄으로 만든 빨간 굴 직판장 건물은 굴막의 기억을 추억 속으로 보내고 깔끔하게 단장되어 있었다.

괭이부리말은 김중미의 동화 『괭이부리말 아이들』 때문에 사람들에게 많이 알려졌다. 과거의 괭이부리말은 동네 끄트머리에 작은 부두와 포구가 딸려 있었고, 기찻길을 따라가다 보면 곧장 만석포구에 닿을 수 있었다. 희망만들기 사업으로 조성된 원괭이부리마을 특화거리 벽에는 당시 인천 앞바다의 풍경과 증기기관차가, 바닥에는 기찻길을 걷는 기분을 느낄 수 있도록 철로가 그려져 있었다. 한때 쪽방촌체험관을 만들겠다는 행정기관의 발상으로 주민들이 발끈하기도 했지만, 그 후 활기를 불어넣기 위해 애쓴 노력들이 곳곳에 보였다.

대형 공장과 고층아파트 사이에 『괭이부리말 아이들』의 배경이 되는 쪽방촌이 아직 남아 있었다. 인천에서도 가장 오래된 쪽

원괭이부리말 특화거리

방촌인 괭이부리말은 일제강점기 때는 부두 노역자들이, 그 뒤에는 6·25 피란민들이 모여 살았다. 인천 태생인 김중미는 1987년부터 이곳에 살면서 공부방을 운영했다. 장편동화 『괭이부리말 아이들』에는 삶에서 소외된 아이들의 소박한 꿈들이 펼쳐져 있다. 스스로 가난한 삶을 선택한 작가는 마을공동체를 염원하는 마음을 동화 속 인물들 속에 생생하게 녹여냈다.

곡식을 쌓은 곳이라는 뜻을 가진 만석동은 일제가 조선인 20~30가구를 몰아내고 갯벌을 메워 만든 땅이다. 일본 사람들이 '아카사키'라고 불렀던 만석동에는 태평양전쟁을 위한 병참 공장이 들어섰는데 만석부두 앞바다에 있던 묘도도 이때 없어졌다. 마을 서쪽에 있던 묘도는 물이 빠지면 육지와 연결되는 섬이었는데 섬의 산부리가 고양이(괭이)처럼 생겼다고 해서 괭이부리 섬이라고 불렀다.

괭이부리말 오른쪽에 있는 두산인프라코어 자리엔 일제강점기 때 태평양전쟁에 내보낼 잠수함을 만든 조선기계제작소가 있었다. 일제는 잠수함 6척을 동시에 바다에 띄우려고 만석포구에 도크를 신축했고 그 때문에 인력이 늘었다. 당시 노동자 숙소가 있었던 곳이 괭이부리말 주거 지역이 되었다.

괭이부리말은 이미 회색 슬레이트 가옥의 절반이 철거되었고,

그 자리엔 보금자리아파트가 들어서 있었다. 아직 철거되지 않은 쪽방촌 안으로 들어가 보았다. 골목길을 따라 들어가니 곧 허물어질 것 같은 판잣집들이 다닥다닥 붙은 채 옛 모습 그대로 있었다.

안쪽에서 두런두런 사람소리가 들려왔다. 그 집 앞에는 신발이 여러 켤레 놓여 있었다. 임대형 보금자리아파트가 지어지고 떠들썩한 가난은 떠났지만 여전히 쪽방촌에는 사람들이 살고 있었다.

이렇게 괭이부리말은 어디선가 떠밀려 온 사람들의 마을이 되었다. 오게 된 까닭은 모두 달랐지만 가난하고 힘없는 사람들이라는 공통점 때문에 동네 사람들은 서로 형제처럼 지냈다. 고향을 떠난 사람들은 새로운 땅에서 새로운 사람들과 새 보금자리를 만들어갔다. 세월이 가고, 남보다 열심히 일하거나 운이 좋은 사람들은 돈을 모아 괭이부리말을 떠났다. 괭이부리말에 남은 이들은 여전히 가난한 사람들이었다.

좁은 골목을 빠져나와 자그마한 만석소공원 정자에 앉아 보금자리아파트를 내려다보았다. 깔끔한 아파트와 쓰러질 듯한 판잣

팽이부리말 쪽방촌

집이 서로 대조를 이루고 있었다.

몇 년 전 일본 우토로 마을에 갔을 때 시영주택으로 들어가면 외로워질 것 같다고 하던 할머니의 모습이 떠올랐다. 일본은 태평양전쟁 때 교토 군 비행장 건설에도 조선인들을 강제 동원했다. 전쟁이 끝나자 돈이 없어 일본에 그대로 남게 된 사람들은 버려진 판자를 모아 함바를 지어 살았는데 비가 오면 공동화장실 오물이 넘쳐 집으로 흘러들었다. 이제는 우토로도 일본 정부의 불량주택 개선사업으로 시영주택이 들어섰고, 우토로 조선인들은 조만간 모두 그곳으로 옮겨갈 예정이다.

몸이 안락해지면 마음의 문은 오히려 닫힐 수 있다는 것을 우토로 마을의 할머니들은 몸소 느끼며 살아왔다. 괭이부리말 보금자리 아파트로 들어간 사람들은 어떤 새로운 삶을 살고 있을까.

정자에서 잠시 쉬고 돌아 나오니 세 명의 할머니가 볕이 잘 드는 곳에서 플라스틱 의자에 앉아 이야기를 나누고 있었다. 이들도 어쩌면 문 닫힌 아파트보다 옹기종기 모여 살며 살을 맞대던 가난의 세월이 더 그리운 건지도 모른다.

2

항구에 드리운 낯선 그림자

차이나타운   일본 조계지

📖 책 속의 책

오정희, 「중국인 거리」, 1979

이방인의 삶 차이나타운

> 그들은 우리에게 밀수업자, 아편쟁이, 누더기의 바늘땀
> 마다 금을 넣는 쿠리, 그리고 말발굽을 울리며 언 땅을
> 휘몰아치는 마적단, 원수의 생간을 내어 형님도 한 점,
> 아우도 한 점 씹어 먹는 오랑캐, 사람고기로 만두를 빚
> 는 백정, 뒤를 보면 바지도 올리기 전 꼿꼿이 언 채 서
> 있다는 북만주 벌판의 똥덩어리였다. -「중국인 거리」중

6·25전쟁 직후 중국인 거리로 이사 온 아홉 살 소녀는 중국인들을 이렇게 보고 있다. 오정희 작가 역시 어린 시절 아버지를 따라 차이나타운 근처로 이사를 왔고, 이곳에서 약 4년간 살았던 경험을 바탕으로 「중국인 거리」를 썼다.

일본과 체결한 강화도조약으로 1883년 개항된 인천항은 서구 근대문물이 최초로 들어온 곳이며, 문물을 전국 각지로 전파하는 통로가 되었다. 또한 이 조약으로 외국인들이 우리 땅에서 거주하면서 치외법권을 누릴 수 있는 조계지가 생겨났다. 일본을 시작으로 청나라, 영국, 독일 등 제국주의 열강들이 몰려들었다. 일본 조계지는 청나라 조계지와 맞닿아 있어 이 두 지역을 구분

하는 청일 조계지 경계 계단이 만들어졌다. 청일 조계지 계단을 경계로 왼편에는 청나라 조계지가, 오른편은 일본 조계지가 되었다. 다른 나라의 조계지들은 뒤쪽에 있었다. 계단 끝에는 한중 교류의 상징으로 2002년 칭다오 시가 기증한 공자상이 말없이 인천항을 내려다보고 있었다.

먼저 청나라 조계지였던 차이나타운으로 걸어가 보았다. 청나라 조계지가 세워지자 화교들이 모여들었다. 그들은 중국에서 수입한 식료 잡화를 팔고 조선의 사금 등을 중국에 보내며 시장을 장악하기 시작했다. 그 뒤 돈벌이가 잘되는 곳으로 소문이 퍼져 인천과 가까운 산둥성 사람들이 뱃길을 따라 이곳으로 이주했다.

개항 후 처음으로 짜장면을 팔기 시작한 공화춘 건물은 짜장면 박물관으로 개조되어 있었다. 중국과 대만의 국적을 가진 화교들은 외국에 나갈 때 세 자루의 칼만 들고 간다는 말이 있다. 화교 용어로 '싼바따오三把刀'라고 하는데 음식점에서 사용하는 식칼, 양복점에서 사용하는 가위, 이발소에서 사용하는 면도가위를 말한다. 화교들이 실제로 음식점, 양복점, 이발소에 종사했다는 것을 짜장면박물관에서 알 수 있었다. 인천의 차이나타운은 그 칼 가운데 요리사의 칼만 제 기능을 발휘한 것 같았다.

청일 조계지 경계 계단

짜장면의 원조라고 알려진 하얀 짜장을 먹어 보기로 했다. 산둥성 노동자들이 인천에 왔을 때 자신들이 먹던 대로 자지앙미엔[炸醬面]을 해먹었는데 춘장을 많이 넣지 않았기 때문에 하얀색에 가까웠다. 지금도 중국 현지의 작장면은 춘장을 많이 넣지 않아 흰색에 가까운데 한국에 정착한 화교들은 한국인의 입맛에 맞는 까만 짜장면을 만들어냈다.

콩과 해산물을 주재료로 만든 소스를 면발에 얹어 먹는 하얀 짜장이 나왔다. 주인장이 면과 소스를 잘 비벼서 함께 먹어야 한다며 먹는 방법까지 알려주었다. 대중매체에 등장하여 갑자기 유명 메뉴가 되었지만 역시 한국인인 내 입맛에는 검은색 짜장면이 더 나은 것 같았다.

많은 중국음식점이 호객 행위를 하고 있었다. 상권을 일제에게 빼앗긴 뒤 살아남기 위해 몸부림쳐왔던 화교가 이전에는 마녀사냥의 대상이 되기도 했다. '짱깨', '짱꼴라', '왕서방' 등 중국인

짜장면박물관과 하얀 짜장면

을 비하하는 말들을 보면 우리가 중국인들을 어떻게 생각하는지 알 수 있다. 단일민족을 강조하는 우리나라 사람들은 새로운 종족의 출현을 경계했다. 게다가 한국전쟁 이후에는 반공이념 때문에 화교가 부를 축적할 수 없도록 하는 경제억제 정책으로 화교들이 가게를 빌려서 장사하는 것도 쉽지 않았다. 화교는 100년 넘게 우리와 함께 살아왔지만 그 세월만큼 차별의 역사도 깊다.

최근 중국의 위상이 커지면서 차이나타운이 관광특구로 지정되고 말끔하게 정비되었지만 덧칠한 자본의 색깔 아래 짙은 상처는 아직 남아 있는 듯했다.

줄이 길게 서 있는 곳으로 가보았더니 부드러운 빵 속에 팥, 고기, 고구마 등이 풍성하게 들어간 화덕만두와 홍두병을 팔고 있었다. 다른 곳에서도 팔고 있는데 드라마 배경지로 나온 이곳만 유독 사람이 많았다. 대중매체는 화교들의 삶을 또다시 바꾸어가고 있었다.

자유를 잃은 거리 일본 조계지

길을 사이에 두고 각각 여남은 채씩 늘어선 같은 모양

일본 조계지와 대불호텔

의 목조 이층집들은 우리 집을 마지막으로 갑자기 끝났
다. 그리고 우리 집에서부터 완만한 경사로 이루어진 언
덕이 시작되었는데 그 언덕에는 바랜 잉크 빛깔이나 흰
색 페인트로 벽을 칠한 커다란 이층집들이 길을 사이에
두고 나란히 마주 보고 서 있었다.

일본 조계지 쪽으로 넘어오니 차이나타운과는 다른 분위기가
느껴졌다. 초입에 우리나라 최초의 서양식 호텔인 대불호텔이 보
였다. 1978년 철거되었다가 40년 만에 대불호텔 전시관으로 다
시 지어져서인지 당시의 분위기가 느껴지진 않았다. 오정희는 어
린 시절 대불호텔 근처에서 살았다. 「중국인 거리」의 주인공이
살던 곳은 청일 조계지 계단 옆이었다.

그네들은 거리로 면한 문을 활짝 열어놓고 거리낌 없이
미군에게 허리를 안겼으며, 볕 잘 드는 베란다에 레이스
가 달린 여러 가지 빛깔의 속옷들과 때 묻은 담요를 널
어 지난밤의 분방한 습기를 말렸다. 여자의 옷은 더욱이
속엣것은 방 안에 줄을 매고야 너는 것으로 알고 있는
할머니는 천하의 망종들이라고 고개를 돌렸다.

주말이면 이 동네는 양공주들을 찾아 나온 미군들로 소란스러웠다. 월미도에 주둔한 미군들과 살림을 차린 양공주들은 일본 조계지의 적산가옥에서 모여 살았다.

주인공 소녀는 친구 치옥의 집에 미군 흑인 병사와 함께 세들어 사는 양공주 매기 언니를 관심 있게 바라본다. 그러다가 치옥과 함께 매기 언니 방에 몰래 들어가 반짝거리는 미국 제품들에 호기심을 갖는다.

양공주의 역사는 한국전쟁 후 주한미군의 역사와 같이 시작되었다. 사람들은 미군을 상대하는 여자들을 양공주, 양색시, 양갈보라고 불렀다. 전쟁으로 살 길이 막막해진 피란민들은 미군부대 주변으로 몰려들었는데 이들 중에는 전쟁으로 홀몸이 된 부녀자와 고아도 많았다. 여자들은 미군과 결혼하면 가난에서 벗어날 수 있고, 한국을 떠나 새 출발을 할 수 있을 거라는 기대감 때문에 양공주의 길을 택했다.

요란한 사이렌을 울리며 미군 지프가 달려왔다. 겹겹이 진을 친 사람들이 순식간에 양쪽으로 갈라졌다. 헤드라이트의 쏟아질 듯 밝은 불빛 속에 매기 언니가 반듯이 누워 있었다. 염색한, 길고 숱 많은 머리털이 흩어져 후

광처럼 얼굴을 감싸고 있었다. 위에서 던져 버렸다는군. 검둥이는 술에 취해 있었다. 엠피가 검둥이의 벗은 몸에 군복을 걸쳐주었다. 검둥이는 단추를 풀어헤치고 낄낄대며 지프에 실려 떠났다.

동네 사람들은 알 수 없는 말로 싸우는 미군들과 양공주들을 지켜보았고, 양공주가 짐을 싸서 떠나면 국제결혼이 이루어졌나 보다 하며 수군댔다. 양공주들은 주한미군에 의해 살해되거나 성적 학대를 당하는 경우도 많았지만 당시 한국 정부는 미군을 위안해주고 달러를 벌어준다는 이유로 외면했다.

일본 조계지를 걸으며 일본군 위안부부터 미군 위안부, 기생 관광, 그리고 오늘날 각종 성매매에 이르기까지 100여 년 동안이나 노예 같은 삶을 살아온 여성들의 삶을 생각해 보았다.

일본 조계지에는 일본인들이 어깨너머로 배운 서양의 건축양식으로 세운 건물들이 아직도 남아 있었다. 개항장에 서양 건축물을 많이 짓고자 했던 일본 목수들은 중요한 기둥과 하단에만 석조를 사용하고 그 위에 벽돌을 붙여 전체적으로 석조물로 보이도록 했다.

자유공원으로 가는 길에 홍예문이 보였다. '혈문'이라고도 불렀던 이곳을 지나갈 때면 귀신소리가 들린다고도 한다. 동네사람들은 일제가 만석동으로 가는 길을 내려고 응봉산의 혈을 끊어서 원혼들이 우는 소리라고 했다.

아직 겨울이고 깊은 밤이어서 나는 굳이 사람들의 눈을 피하지 않고도 쉽게 장군의 동상에 올라갈 수 있었다. 키를 넘는, 위가 잘려진 정사면체의 받침돌에 손톱을 박고 기어올라 장군의 배 위에 모아 쥔 망원경 부분에 발을 딛고 불빛이 듬성듬성 박힌 시가지를 내려다보았다. 지난해 여름 전진처럼 자욱이 피어오르던 함성은 이제 들려오지 않았다.

시골로 간 할머니가 돌아가셨다는 소식을 듣던 날, 주인공 소녀는 묻어 두었던 할머니의 물건을 꺼내보기 위해 자유공원을 오른다. 지독한 성장통을 겪고 소녀는 마침내 어른이 된다.

자유공원에 오르니 6·25전쟁 때 대한민국을 구한 영웅으로 칭송받는 맥아더 장군이 오른손에 쌍안경을 들고 월미도를 내려다보고 있었다.

서울 탑골공원보다 9년 앞서 만들어진 한국 최초의 서구식 공

홍예문

원인 자유공원은 긴 세월만큼이나 다양한 이름을 거쳐 왔다. 처음엔 서공원으로 부르다가 해방이 되면서 만국공원(각국공원)으로 불렸고, 맥아더 장군 동상을 세우면서 자유공원이 되었다.

전쟁영웅 가문 출신으로 미국 대통령이 될 수도 있었던 맥아더는 인천상륙작전의 성공으로 기세등등했지만 중공군의 참전으로 패배해 해임되었다. 최근 한 반미성향 단체는 맥아더가 한반도의 분단을 고착화한 극우 전쟁광이라며 맥아더 동상 화형식을 하기도 했지만, 동상은 아직도 그 자리에서 건재함을 자랑하고 있었다.

자유공원 광장 끝에 서니 멀리 인천 앞바다가 한눈에 보였다. 월미도 너머 영종도에서 비행기가 날아올랐다. 여덟 번째 아이를 낳기 위해 비명을 지르는 어머니를 피해 어두운 벽장 속에 갇혔던 소녀의 꿈도 함께 날아올랐다.

자유공원과 맥아더 동상

2장

고립된 섬의 운명 제주 ～～～～～～～～～

제주 여행지도

너븐숭이 4·3기념관

관덕정

해녀박물관

우도

영등할망신화공원

다랑쉬굴

터진목

제주 4·3평화공원

큰넓궤

섯알오름

가파도

마라도

1

여성의 바다

영등할망신화공원 ——————— 해녀박물관 ——————— 마라도

📖 책 속의 책

현기영, 『바람 타는 섬』, 1989

제주의 여신들 영등할망신화공원

"영등할마님, 제주 산천 산 구경 물 구경 꽃 구경 오시
는데, 물질하는 세화리 잠녀들, 모두 불쌍한 할마님 자
손 아닙네까. 부디 재수사망 일게 하여 주십사 원정을
올리는 거우다. 무쇠솥에 화식 먹는 인간이 무엇을 아오
리까. 밥 먹으면 배부른 줄 알고 옷 입으면 등 따스운 줄
이나 아는 인간, 무슨 철이 있습니까. 과연 살려주십서."

-『바람 타는 섬』 중

현기영의 장편소설 『바람 타는 섬』에서 영등신을 청하는 장면
이다. 귀덕리에 있는 복덕개 포구에서는 옛날부터 영등할망이 제
주에 들어오는 것을 환영하는 영동신맞이가 마을 당굿으로 성
대하게 치러졌다.

영등할망이 제주도에 들어온 지 일주일 되던 날 귀덕리에 있는
영등할망신화공원을 찾았다. 갯바람에 몸이 몹시 흔들렸다. 벌
써 제주에 상륙한 영등할망은 봄의 씨를 뿌리고 있을 것이다. 보
름이 지나야 바람을 거두고 갈 것인데 할망의 미움을 사지 않도
록 해야겠다는 생각이 들었다.

제주 사람들은 영등할망이 왔다 가야 새봄이 온다고 믿는다. 영등할망은 음력 2월 초하루 새벽 들물 때 서북쪽에서부터 1만 8천 가지 빛깔의 바람을 몰고 복덕개 포구로 들어와서 보름 동안 제주 전 지역을 돌며 들판에 꽃을 피우고, 곡식을 파종하고, 바다에도 해초씨를 뿌린다. 영등할망이 들어올 시각이 되면 어부들은 출항을 하지 않고 해녀들도 바다에 나가지 않는다. 제주 사람들은 영등굿을 하는 동안에는 결혼식을 하지 않고 제사나 장례가 있으면 영등할망의 몫으로 밥 한 그릇을 마련해야 탈이 없다고 믿고 있다. 영등달 15일에 영등할망을 실은 배가 우도를 떠나면 바다가 풀리며, 뱃고동 소리가 들리기 시작하고, 제주에 봄이 시작된다.

바닷가 입구에 빨간색 카페가 눈에 띄었다. 카페에서 나오는 음악이 바람소리를 막았다. 카페 뒤쪽 바닷가로 이어지는 길을 따라 내려가니 푸른 바다 위로 갈매기가 날아다녔다. 날갯짓을 하지 않고도 날 수 있을 정도로 바람이 세차게 불었다. 바닷바람은 구름마저 흔들어댔다.

영등할망의 딸이 제일 먼저 보였다. 영등할망이 제주에 올 때 딸을 데리고 오면 딸은 너무 좋아서 "어머니, 저 산에 저 꽃 봅서. 이 산에 이 꽃 봅서" 한다. 그러면 영등할망은 딸에게 "이 꽃도

복덕개 포구와 영등할망의 딸 석상

왼쪽부터 영등하르방, 영등할망, 영등대왕

곱고 저 꽃도 곱다마는 우리 딸 양지꽃이 더 고와라" 하면서 바람도 빨리 거두고 봄도 일찍 든다고 한다. 하지만 며느리를 데리고 오면 궂은 날씨가 이어진다고 하는데 올해는 며느리를 데리고 온 모양이었다.

카페 뒤쪽으로 석상 세 개가 바다를 등지고 나란히 서 있었다. 한가운데는 영등할망이, 왼편에는 영등할망의 남편인 영등하르방이, 오른편에는 영등대왕이 서 있었는데 영등할망의 석상이 제일 컸다. 역시 제주에는 여신의 존재가 으뜸이었다. 영등할망은 봄을 알리는 씨와 오곡의 씨가 함께 담겨 있는 바람주머니를 가지고 있었다. 영등하르방은 바람의 씨를 만들어 영등할망이 제주 나들이 할 때 내어주고, 영등대왕은 지구의 북쪽 영등나라의 긴 겨울을 지킨다.

해변을 따라 오른쪽으로 한참을 돌아가니 바닷물이 들어오는 돌 위에 영등며느리가 홀로 서 있었다. 고부간이라 그런지 영등할망은 며느리를 질투하고 싫어한다. 그러나 착한 영등며느리는 할망이 뭐라 해도 "예, 알았수다, 내가 잘못했수다" 하며 할망의 기분을 맞춰 준다.

영등할망이 제주에 올 때 데리고 오는 영등별감, 영등좌수, 영등호장은 복덕개 입구에서부터 군데군데 세워져 있었다. 등대 역할을 했던 도대불도 보였다.

젊은 커플이 영등우장 석상 앞에서 사진을 찍고 있었다. 영등우장은 비를 몰고 오는 신인데 여행 중에 비가 오길 바라는 것일까. 그들은 석상 아래에 있는 글귀에 눈길 한번 주지 않았다.

영등우장 석상 옆으로 용천수가 보였다. 화산섬인 제주도는 강수량은 많지만 땅이 현무암으로 이루어져 있어 물이 잘 고이지 않는다. 땅속 깊이 내려간 빗물은 화산석 아래로 흘러서 불순물이 없어지고 지각이 얇아지는 쪽 해안가에 용천수로 다시 솟아난다. 그래서 제주 사람들은 용천수가 나오는 곳에 마을을 만들고 살았다. 용천수의 제일 위는 먹는 물로, 그 다음은 채소 씻는 물, 세 번째는 목욕하거나 빨래하는 물로 구분해서 사용했다. 물을 담는 물허벅과 물허벅을 담는 물구덕은 제주에서 꼭 필요한 물건이었는데, 돌에 채이고 바람에 쓰러질 수 있기 때문에 머리에 이는 대신 등에 짊어지고 다녔다.

용천수와 귀덕 포구

제주도는 화산섬이어서 제주 사람들은 논농사보다는 가뭄에 강한 조나 보리, 감자 같은 것을 심어서 주식으로 삼았다. 그것마저 풍족하지 못해서 여자는 해녀가 될 수밖에 없었고, 남자는 고기를 잡으러 갔다.

복덕개의 귀덕 포구는 제주 포구의 원형을 그대로 간직하고 있는 곳이다. 포구 한편에 해녀들이 추운 몸을 녹이고 옷을 갈아입는 불턱이 보였다. 그 위에 소라 껍데기들이 장식품처럼 수북이 얹혀 있었다. 영등할망이 들어오면 씨를 뿌리는 동안 해산물을 까먹어서 껍데기가 있는 해산물의 속은 텅 빈다고 하는데 이 많은 소라를 영등할망이 모두 까먹은 것일까.

수평선 가까운 곳에서 물결이 햇빛에 반짝이고 있었다. 동백기름으로 머리를 단장하던 싱그러운 젊은 해녀들은 이제 볼 수 없는 걸까. 해녀체험장에는 해녀상만 보였다. 허리에 납덩이를 차고 찬 바다에 뛰어들어 작은 태왁에 몸을 맡기는 해녀의 삶을 어찌 한 번의 체험으로 알 수 있으랴. 소라에 귀를 대고 바다 소리를 들어보았다.

"왜 우리가 '해녀'여 '잠녀'지. '해녀'는 왜말이라. 물질하는 일본년들이 '해녀'라구."

현기영 작가의 말이 귀를 때렸다. 우리에게 너무나 익숙한 말들엔 침략의 흔적이 묻어 있다. 해녀의 우리말은 잠녀이고, 잠녀의 제주도 말은 '좀녜'다. 사람들이 섞이면서 본래의 말도 바뀌지만 잊을 수 없는 삶의 애환은 신화나 문학작품으로 남아 전승된다.

하얀 2층집에서 개 한 마리가 사색하듯 먼 바다를 보고 있었다. 개의 도도한 자태에 이끌려 개가 있는 곳으로 가서 카메라 셔터를 눌러댔지만 개는 고개를 살짝 돌리더니 다시 바다로 시선을 옮겼다. "산골 부자가 바닷가 개만 못하다"는 말처럼 바닷가 개는 역시 품새가 달랐다.

귀덕1리 어촌계복지회관 앞에 덩그러니 놓여 있는 의자에는 온기가 없었다. 해안선을 따라 둘러놓은 검은 돌들과 파란 지붕이 적막을 돋우었다.

바다의 합창 해녀박물관

물가에서 물장구치며 헤엄을 배우던 계집아이들이 열두어 살쯤 되면 아기 잠녀가 되어 조그만 태왁을 안고 얕은 바다에서 물질을 시작하는데, 해마다 조금씩 조금씩 깊은 물로 옮아가 열댓 살 넘으면 '중군' 소리를 듣고 스무 살쯤부터는 까마득히 먼 바다, 심지어 육지 바다까지 진출하는 상군이 되었다. 상군 잠녀는 20여 년 동안 전성기를 누리고 마흔 살 넘어서부터 기력이 떨어짐에 따라 다시 차츰차츰 얕은 물로 돌아오고 마는 것, 그것이 잠녀의 일생이었다.

1988년 〈한겨레신문〉에 10개월간 연재되었던 『바람 타는 섬』은 해녀들의 삶과 제주해녀항일운동을 소재로 한 소설이다. 현기영 작가는 제주 해녀의 항쟁 정신이 제주 4.3항쟁으로까지 계승되었다고 보고 1930년대 바닷가 해녀들의 치열했던 삶을 탐구했다.

해녀에게 바다는 삶터이자 무덤이다. 할망 해녀도 어멍 해녀도 바다에 뛰어들어 전복을 잡고 해삼을 캐며 자식을 키웠다. 그렇게 살아온 해녀들에게는 스스로 지켜온 질서가 있다. 해녀공동체문화가 척박한 그들의 삶을 지켜온 것이다.

세화리의 바닷물이 해변으로 밀려와서 무너지고 있었다. 해녀항일운동의 거점이었던 세화리와 하도리의 경계쯤에 있는 해녀박물관으로 향했다.

예전의 해녀들은 자신들이 캐낸 소라나 전복을 먹을 수 없었고, 그것들을 팔아 학비나 생활비로 써야 했다. 해녀박물관에 전시되어 있는 가정집 밥상을 보니 개인 밥그릇은 없고 '낭푼'(큰 그릇)이 상 가운데에 있었다. 빨리 먹고 물질을 하러 나가야 했던 바쁜 해녀들의 고된 생활상이 엿보이는 상차림이었다.

잠수복이 나오기 전 해녀들이 입었던 물적삼과 물소중이도 보였다. 속옷 같이 얇은 물옷을 입고 추운 겨울 흰 물거품을 튀기며 해산물을 캐러 들어갔을 가냘픈 해녀들의 모습이 떠올랐다. 물안경이 없던 시절 해녀들은 해산물을 손으로 더듬어서 캤다. 잠수복이 나오면서부터 한 번 바다에 들어가면 5~6시간은 버틸 수 있게 되었지만 대신 1.3kg이나 되는 납덩이를 여러 개씩 허리에 달아야 해서 잠수 질환에 시달리기도 한다.

조선시대에는 남자들이 부역과 진상, 뱃일로 섬을 떠나는 일이 많아 여자들은 밭일과 집안일뿐만 아니라 차디찬 바다에서 물질까지 하며 아이를 키워내야 했다. 육지 남자와 혼인하는 것까지 법으로 막혀 있어서 여자들은 고립된 섬에서 태어난 것을 운명처럼 안고 평생 물옷을 벗지 못했다.

1930년에 들어서자 일제가 제주도를 완전히 군사기지화하고 생활터전이었던 바다밭에도 검은 손을 뻗었다. 생계를 위협받게 된 제주 해녀들은 제주 바다를 떠나 동해 바다, 연평도, 백령도,

제주 가정집 밥상과 과거 해녀복
제주해녀항일운동기념탑
(출처:해녀박물관 홈페이지)

일본까지 출가하기도 했다.

일제의 수탈이 극심해지자 우도를 비롯한 세화, 구좌, 성산 등의 해녀 천여 명은 1932년 1월 12일 세화 오일장에 흰 두건을 두르고 호미와 비창을 휘두르며 장터를 점령했다. 순시하러 나온 제주도사가 돌아가려 하자, 시위대는 차를 가로막고 움직이지 못하게 했다. 이때 일본 순사들이 검을 뽑아서 위협하자 해녀들은 죽음으로 맞서겠다며 대응했다. 겁에 질린 제주도사는 해녀들의 모든 요구 조건을 5일 내로 해결해주겠다고 약속하고 감금에서 풀려났다. 일제에게 큰 충격을 안겨준 이 사건은 1930년대 국내 최대의 항일투쟁이었다.

바람과 돌이 많은 척박한 땅에 살면서도 제주 해녀들은 자연을 정복하고 수탈하는 대상으로 보지 않고 어머니의 마음으로 품었다. 연장자를 공경하고, 망사리를 많이 채우지 못한 해녀에게 자신의 수확물을 나누어주고, 물질하여 얻은 수익을 마을 사람들과 함께 나누는 해녀 공동체문화를 만들어갔다. 덕분에 2016년 제주해녀문화는 유네스코 인류무형유산으로 등재되었다.

해녀박물관을 나오니 세화리 바닷가에서 "호오이 호오이~" 하는 해녀들의 숨비소리가 들려오는 듯했다.

유토피아의 섬 마라도

해변에서나 배 위에서나 불턱에는 항상 위계질서가 있었다. 불 가까운 곳엔 상군들이 진을 치고 불기운이 덜 미치고 매운 연기가 쏠리는 곳은 늘 어린 잠녀들 차지였다. 불턱 둘레에 모여 앉은 잠녀들은 흰 잇바디를 햇빛에 반짝거리며 저마다 물속에서 겪은 얘기를 늘어놓기 한창이었다.

마라도 살레덕 선착장에 내리니 바람이 옷 속까지 스며들었다. 살레덕은 상군 해녀들만 들어갈 수 있는 거센 바다이다. '살레'는 '찬장'이라는 뜻의 제주도 말로 주변 암벽의 모습이 마치 찬장같이 보여서 붙인 이름이다.

안내판에 북쪽 바닷가 작지 끝에 불턱이 있다고 쓰여 있어서 해변으로 가니 검고 둥그런 돌들이 깔려 있었다. '작지'는 제주도 말로 자갈을 뜻한다. 몸이 흔들릴 정도로 바람이 세게 불었다. 해녀처럼 불턱 안으로 들어가 보았다. 잠시 바람을 피하고 있으니 집처럼 편안해지고 엄마 품처럼 따스해졌다. 해녀들은 이런 불턱에서 동네 소식을 전하고 물질에 대한 지식을 전수했다. 몸

불턱과 할망당

과 마음이 얼었던 해녀들에게 이 불턱에서의 한숨 돌리기는 정말 소중했을 것 같았다.

불턱에 계속 있고 싶은 마음을 떨치고 나와서 위쪽으로 올라가다보니 할망당 팻말이 보였다. 마라도는 원래 무인도였는데 어느 날 해녀들이 해산물을 채취하러 이곳까지 왔다가 파도가 거세어 돌아갈 수 없게 되었다. 해녀 한 명이 애기 업개(아기를 돌봐주는 보모)를 놔두고 떠나야 무사히 빠져나갈 수 있다는 꿈을 꾸었는데, 해녀들은 그 말을 믿고 애기 업개를 두고 제주도로 돌아갔다. 해가 바뀌어서 다시 마라도에 와보니 애기 업개는 뼈만 앙상하게 남아 있었다. 해녀들은 그녀의 넋을 위로하기 위해 할망당을 짓고 해마다 당제를 지냈다는 이야기가 전해져 오고 있다.

위쪽으로 올라가니 탁 트인 넓은 벌판이 펼쳐졌다. 이런 벌판을 제주도 말로 '벵디'라고 하는데 마라도 사람들은 너른 벵디를 '켓밭'이라 부르며 공동목장으로 이용했다. 마라분교 운동장이 있었던 자리는 '셋벵디'라고 부르던 곳이다.

1958년에 개교한 마라분교에는 아이들의 웃음소리가 들리지 않았다. 한때 30여 명의 학생들이 다녔는데 2014년부터는 전교생이 한 명밖에 없는 '나 홀로 수업'이 진행되다가 2017년 결국 휴교했다. 그 뒤로도 입학을 원하는 학생이 없어서 문을 열기 어

뱅디와 마라분교

렵게 되었다.

관광객들은 학교를 흘깃 쳐다보고는 짜장면 가게로 향했다. 마라도는 입출항 시간이 정해져 있어서 1~2시간 정도만 머물 수 있기 때문에 섬을 모두 둘러보려면 시간이 넉넉지 않다. 그래서 많은 사람들이 배에서 내리자마자 줄지어 짜장면 가게로 향한다. 유명 예능 프로그램에 이곳 짜장면 가게가 나온 뒤로 관광코스 중 한 곳이 되었기 때문이다. 짜장면을 먹고 나서 포토존에서 사진을 찍으며 산책을 하다가 뱃시간에 맞춰 배를 타고 제주도로 돌아가는 것이다.

바닷길을 따라 걷다 보니 마라도 관광객 쉼터가 보였다. 그 앞에 대한민국 최남단비가 세워져 있었다. 그 뒤쪽으로 하늘의 신이 땅의 신을 만나러 온다는 장군바위가 우뚝 솟아 있었다. 제주 사람들은 이 장군바위에서 해신제를 지낸다. 이 바위에 함부로 올라가면 바다에 나간 사람들이 험한 일을 겪는다고 한다.

등대가 있는 곳으로 올랐다. 이어도는 어디에 있는 걸까. 이어도를 그려 보았다. 바람은 매섭지만 풍경은 평온했다. 바람은 바다를 수평선으로 밀어내고 있었다.

> 이어도 가젠 살고나 지고 제주 사름덜 살앙 죽엉
> 가고저 허는 게 이어도 우다
> 이어도사나 이어도사나 이어도사나 이어도사나
>
> ―「이어도사나」 중

제주의 아리랑이라 불리는 이 민요는 제주 사람들의 삶과 함께 이어져 왔다. 해녀가 물질을 나갈 때도, 농부가 밭을 맬 때도, 아낙이 물을 길어 올릴 때도 이 노래를 흥얼거렸다. 이어도는 제주 사람들에게 유토피아의 섬이다. 한평생 고된 삶을 살아야 했던 해녀들은 일하지 않아도 살 수 있는 유토피아를 꿈꾸었다.

한반도 최남단 마라도에서 육지섬을 향해 희망의 바람이 불고 있었다. 저녁바다가 나를 밀어낼 때까지 이렇게 있고 싶었지만 섬을 한 바퀴 돌고나니 뱃시간이 다 되었다.

2

미군정의 비극

관덕정   제주4·3유적지   제주4·3평화공원

📖 책 속의 책

현기영,「변방에 우짖는 새」,1983

현기영,「지상에 숟가락 하나」,1999

현기영,「순이 삼촌」,1978

현기영,「해룡 이야기」,1979

피로 물든 관덕정

> 임자 있는 솔밭은 물론 무주공산의 상수리 숲, 마을 안
> 둥구나무, 마을 밖의 교인들이 벌목하고 남은 신당의 당
> 나무에도 세를 매겨 마을 공동으로 부담시켰다. 집 뜰
> 안의 귤나무, 유자나무, 감나무에도 세가 나왔다. 더욱
> 기가 막힌 것은 일곱 해 전인 갑오년 대흉년에 면제해
> 주었던 호포세까지 납부하라고 독촉장을 보낸 일이다.
>
> ─『변방에 우짖는 새』 중

『변방에 우짖는 새』는 제주도에서 발생했던 방성칠란과 이재
수란을 다루고 있다. 제주도는 오랜 세월 육지로부터 수탈의 대
상이었는데 1901년에는 계속되는 흉년과 서울에서 내려온 관리
들의 횡포로 제주 사람들은 도탄에 빠져 있었다. 게다가 관리들
과 결탁한 천주교도가 땅을 빼앗고 강간, 살인을 저지르며 오랫
동안 지켜온 마을의 신당까지 파괴했는데도 처벌받지 않자 백성
들은 분노했다. 참다못한 제주 사람들은 이재수를 필두로 제주
성에 입성했다. 민중들은 관덕정에서 천주교도들의 죄를 물었고,
이틀 동안 300명이 넘는 교인들이 학살당했다. 결국 이재수는

관덕정

관덕정 광장에서 목이 베여졌다. 이 광장에서는 광해군의 장례가 치러지고, 민란을 일으킨 이재수와 무장대 사령관 이덕구의 시체가 십자가에 매달리기도 했다. 관덕정 입구에 서 있는 입을 꽉 다문 돌하르방은 그 일들을 모두 기억하고 있을까.

> 관덕정 광장에 읍민이 운집한 가운데 전시된 그의 주검은 카키색 허름한 일군복 차림의 초라한 모습이었다. 그런데 집행인의 실수였는지 장난이었는지 그 시신이 예수 수난의 상징인 십자가에 높이 올려져 있었다. 그 순교의 상징 때문에 더욱 그랬던지 구경하는 어른들의 표정은 만감이 교차하는 듯 심란해 보였다.
>
> ─『지상에 숟가락 하나』 중

사람이 죽으면 숟가락을 놓았다고 표현한다. 『지상에 숟가락 하나』는 이순耳順 고개를 힘들게 넘은 작가가 숟가락 놓을 날을 생각하며 고향 제주에서의 성장기를 수필처럼 써내려간 작품이다.

제주 4·3사건의 도화선이 된 3·1절 발포 사건이 일어났던 당시 관덕정 앞에는 큰 시장이 있었고, 광장에서 집회도 자주 열렸다. 1947년 3월 1일 오후 2시 북초등학교에서 열린 3·1절 행사를 끝

낸 군중들은 통일독립을 촉구하는 가두시위를 하며 관덕정을 거쳐 서문통으로 빠져나갔다. 그때 동백꽃 하나가 툭 떨어졌다. 관덕정 부근에 있던 말을 탄 경찰의 말발굽에 어린아이가 치인 것이다. 하지만 경찰은 다친 아이를 그대로 두고 지나갔다. 노란 유채꽃은 핏빛으로 물들었다. 화가 난 군중들이 경찰에게 돌을 던졌고, 경찰은 군중을 향해 총을 쏘았다. 주민 6명이 죽었다.

제주도 내 전체 직장인의 95%가 총파업으로 항의하자 미군정은 남로당이 이를 선동한 것이라고 몰아세웠고, 제주도를 '빨갱이 섬Red Island'이라 부르며 이북에서 내려온 극우청년단체인 서북청년단을 시켜 '빨갱이 사냥Red Hunt'을 시작했다. 이때부터 사용된 '빨갱이'라는 말은 6·25전쟁을 겪지 않은 세대의 유전자에도 각인되었다. 그래서 70여 년이 지난 지금도 '빨갱이'라는 말이 바이러스처럼 공기 중에 떠다니고 있다.

당시 한반도는 5·10 남한 단독선거 찬반 문제를 놓고 좌파와 우파 진영으로 갈려 있었다. 1948년 4월 3일 남로당 제주도위원회는 남한 단독선거를 막으려고 무장봉기를 일으켰다. 무장대는 5·10선거를 무산시키기 위해 주민들을 산으로 보냈고, 과반수에 미달하자 투표는 무효 처리되었다. 미군정은 이것을 남한 단독정부 수립을 저해하는 불순세력의 음모로 판단하고 토벌작전을 시작했다.

　1948년 8월 15일 대한민국이 수립되자 이승만 정부는 계엄령을 선포하고 해안에서 5km 이상 들어간 중산간 지대를 통행하는 자는 폭도로 간주하고 초토화시키겠다고 선전포고를 했다. 군경토벌대는 중산간 마을에 불을 지르고 주민들을 살상하기 시작했다. 도피자로 몰린 남자들은 살기 위해서 한라산 밑 동굴 속으로 숨었다.

　중산간 마을은 초토화되었다. 중산간 지대에서 해안마을로 내려온 주민들은 폭도로 몰려 희생되었다. 나중에 산에서 내려와 귀순하면 살려주겠다는 말을 믿고 만 명에 이르는 사람들이 하산했는데 그 가운데 1,600여 명은 총살당하거나 전국 각지의 형무소로 보내졌다. 1949년 무장대는 모두 죽고, 그해 6월 7일 관덕정 광장에는 나무십자가에 매달린 무장대 사령관 이덕구의 시체가 공개되었다.

나무십자가에 매달린 이덕구 시체

끝나지 않은 세월 제주4·3유적지

● 너븐숭이4·3기념관

> 교문 밖에 맞바로 잇닿은 일주도로에 내몰린 사람들은
> 모두 한결같이 길바닥에 주저앉아 울며불며 살려달라
> 고 애걸했다. 군인들의 바짓가랑이를 붙잡고 울부짖는
> 할머니들, 총부리에 등을 찔려 앞으로 곤두박질치는 아
> 낙네들. 군인들은 총구로 찌르고 개머리판을 사정없이
> 휘둘렀다. -「순이 삼촌」중

  소설 「순이 삼촌」에 나오는 이 이야기는 조천읍 동쪽 끝에 자리
잡은 북촌초등학교에서 실제로 벌어진 일이다.

  1949년 1월 17일 음력 섣달 열여드레, 그날도 바닷바람은 물질
할 엄두를 못 낼 만큼 세차게 불었다. 그날 새벽 북촌마을 어귀 너
븐숭이 비탈에서 무장대의 습격으로 군인 2명이 사망하자 오전
11시 군인들이 마을에 들이닥쳐 1천 명 가량의 주민들을 북촌초
등학교 운동장으로 내몰고는 온 마을을 불태웠다. 4백여 채의 가
옥들은 하루아침에 잿더미로 변했고 주민들은 공포에 떨었다.

  군인들은 운동장에 모인 사람들을 남녀노소 구분 없이 몇십

북촌초등학교와 너븐숭이4·3기념관

명씩 잘라서 학교 인근 밭으로 데려가 죽였다. 이 주민학살극은 오후 4시 경 대대장의 중지 명령이 있을 때까지 계속되었다. 그 날 희생당한 사람만 300여 명에 달했다.

당시 학살은 북촌초등학교를 중심으로 크게 동쪽의 당팟과 서쪽의 너븐숭이에 나뉘어 자행되었다. 학교에서 7분 정도 걸어가면 너븐숭이4·3기념관이 나온다. 길을 걷는 이 7분 동안 군인들에게 끌려가던 사람들의 심정을 생각하니 마음이 저려왔다.

기념관 앞에는 4·3학살터가 있었다. 바닷바람이 소나무 아래 돌을 둘러놓은 애기무덤을 스쳐갔다. 주민들이 밭일을 하다가 돌아올 때 쉬어가던 너븐숭이에는 애기무덤이 20여 기 남아 있는데 적어도 8기 이상은 북촌대학살 때 희생된 어린아이의 무덤이다.

「순이 삼촌」 문학기념비가 세워진 곳에는 작품 속의 문장들이 비석에 박혀 밭에서 뽑아 놓은 무처럼 누워 있었다. 자칫 묻힐

뻔했던 역사가 현기영 작가의 글 속에서 겨우 살아남았다.

순이 삼촌은 시체더미였던 이 옴팡밭에서 어린 자식 둘을 잃고 혼자 살아남았다. 시체로 가득 찼던 옴팡밭에는 까마귀가 몰려와 살점을 뜯어먹었다. 순이 삼촌은 살아남았지만 남편의 행방을 추궁하는 경찰들에게 옷을 벗기우기도 했고 매질도 당했다. 그 때문에 경찰에 대한 심한 기피증이 생겼고, 환청증세까지 생겼다. 30년 동안 그날의 일을 말하지 못하고 옴팡밭을 일구며 삶을 이어 나갔지만 정신적 충격을 그대로 버티기에는 한계가 있었다. 결국 순이 삼촌은 자신의 아이들이 학살당한 이 옴팡밭에서 스스로 목숨을 끊고 만다.

그 죽음은 한 달 전의 죽음이 아니라 이미 삼십 년 전의 해묵은 죽음이었다. 당신은 그때 이미 죽은 사람이었다. 다만 삼십 년 전 그 옴팡밭에서 구구식 총구에서 나간 총알이 삼십 년의 우여곡절한 유예를 보내고 오늘에야 당신의 가슴 한복판을 꿰뚫었을 뿐이다.

1978년 단편소설 「순이 삼촌」이 세상에 나오기 전까지 제주 사람들에게 '4·3'은 금기시된 단어였다. 현기영은 4·3을 소재로 소

애기무덤과「순이 삼촌」문학기념비

설을 썼다는 이유로 정보기관에 연행되어 3일 동안 고문을 받고 한 달 간 감옥에 갇혔다. 책은 14년 동안 금서로 묶였다. 1년 남짓 술로 분노를 삭이던 작가는 어느 날 집에 있는데 빛 속에서 소복을 입은 아주머니가 나타나더니 일어나라고 했다. 그 여인이 바로 순이 삼촌이었다. 제주도에서 태어나 어린 시절 4·3을 목격했던 현기영은 숙명처럼 40여 년의 작가 생활 동안 3분의 1 가량을 제주4·3과 관련된 소설을 썼다.

그 죄악은 삼십 년 동안 여태 단 한 번도 고발되어 본 적이 없었다. 도대체가 그건 엄두도 안 나는 일이었다. 왜냐하면 당시의 군 지휘관이나 경찰 간부가 아직도 권력 주변에 머문 채 떨어져 나가지 않았으리라고 섬사람들은 믿고 있기 때문이었다. 섣불리 들고 나왔다간 빨갱이로 몰릴 것이 두려웠다. 고발할 용기는커녕 합동위령제한번 떳떳이 지낼 뱃심조차 없었다.

「순이 삼촌」이 나온 후로도 침묵과 금기 그리고 왜곡의 역사가 오랫동안 이어졌다. 4·3 때 빨갱이로 몰려 죽은 가족이 있는 집에서는 제사를 몰래 지낼 수밖에 없었다. 그러다가 2003년 노무현 전 대통령이 처음으로 과거 국가권력의 잘못에 대해 유족과 도민에게 사과를 했고, 그때서야 4·3희생자 유해 발굴 작업이 이루어졌다.

너븐숭이4·3기념관에서 바다로 나가는 길목에 세워둔 위령비가 바다를 마주보고 서 있었다. 이제는 음력 섣달 열여드레에 제사를 몰래 지내지 않아도 된다. 위령비 뒤에 쓰여 있는 현기영 작가의 글이 샛노란 유채꽃처럼 봄을 지켜내고 있었다.

당팟으로 가기 위해 다시 북촌초등학교로 걸어갔다. 학교 운동장에서 끌려나온 100여 명은 당팟에서 학살당했다. 당팟은 신당이 있는 밭이다. 제주에는 "절 오백 당 오백"이라 할 정도로 신당과 절이 많았는데 지금도 신당이 300여 곳이나 남아 있다. 역사적으로 숱한 탄압이 있었지만 제주 사람들의 영혼까진 뽑아내지 못한 모양이다.

당팟은 길가에 있었지만 4·3길 안내판이 없었으면 찾지 못했을 뻔했다. 당팟 인근에 팽나무(정지풍낭)가 보였다. 제주 사람들은 마을을 이루고 살 때 거친 땅에서도 잘 자라고 비바람에도 흔들리지 않는 팽나무를 마을 입구에 심었다. 북촌초등학교의 교목도 팽나무다. 팽나무는 또 어떤 역사를 지켜보게 될까.

당시 북촌마을은 다섯 채의 집만 남고 모두 불에 타버렸고, 이

당팟과 팽나무

틀 만에 약 500여 명이 학살당했다. 이 사건으로 북촌마을은 후손이 끊겨진 집안이 적지 않아서 한때 '무남촌無男村'으로 불리기도 했다.

● 무등이왓

그 무섭던 소까이疏開[1]. 온 섬을 뺑 돌아가며 중산간 부락이란 부락은 죄다 불태워 열흘이 넘도록 섬의 밤하늘을 훤히 밝혀놓던 소까이. 통틀어 이백도 안 되는 무장폭도를 진압한다고 온 섬을 불 지르다니. 그야말로 모기를 향해 칼을 빼어든 격이었다. 그래서 이백을 훨씬 넘어

---

1 1948년 4·3사건 때 군경이 초토화 작전을 벌이면서 제주의 중산간 마을 주민을 해안마을로 소개(이주)시켰는데 사람들은 이를 일본어로 '소까이'라 했다.

삼만이 죽었다. 대부분 육지서 들어온 토벌군들의 혈기
는 그렇게 철철 넘쳐흘렀다. 특히 서북군은 섬을 바닷속
으로 가라앉힐 만큼 혈기방장하였고 군화 뒤축으로 짓
뭉개어 이 섬을 지도상에서 아주 없애버릴 만큼 냉혹했
다. —「해룡 이야기」 중

4·3의 흔적은 제주 곳곳에서 불쑥불쑥 나타났다. 안덕면 동광
리에 있는 최초 학살터 무등이왓 입구 맞은편에 노란 유채꽃이
바람에 흔들리고 있었다. 이번에도 4·3길 안내판이 없었으면 그
냥 지나칠 뻔했다. 입구에는 '잃어버린 마을'이라고 적힌 표지석
이 세워져 있었다.

이곳은 1948년까지만 해도 200여 가구가 살았던 큰 산간마을
이었다. 토벌대는 소개령을 제대로 전달받지 못한 주민 10여 명
을 집결시켜놓고 팔 다리가 부러질 정도로 때렸다. 덜 맞은 사람
은 도망쳤고, 나머지는 모두 이곳에서 총살당했다. 학살터를 대
나무가 둘러싸고 있었다. 바람이 대나무를 스치면서 무언가를
알리려는 듯 깊은 소리를 냈다.

유채꽃이 피어 있는 길을 따라가니 동백나무가 보였다. 나무
아래 검은 점이 박힌 동백꽃들은 제자리를 찾지 못하고 나뒹굴

무등이왓 최초 학살터

었다. 일제강점기 때 민족의식을 고취시키던 광신사숙 터는 안내 표지판만 덩그러니 놓여 있었다.

500m 정도 길을 따라서 가니 '잠복학살터'가 나왔다. 토벌대는 전날 학살당한 사람들의 가족이 시신을 수습하러 올 것이라 생각하고 이곳에 잠복해 있었다. 토벌대는 예상한 대로 가족들이 오자 모두 한 곳으로 몰아넣고 짚더미나 멍석 등을 쌓아 그대로 불을 질렀다. 그렇게 고통 속에서 죽어간 사람들 대부분이 여성, 노인, 아이였다.

무등이왓을 돌아나오는데 목이 메였다. 마을은 흔적도 없이 사라졌지만 살아남은 사람들의 마음에 남은 그날의 기억은 좀처럼 사라지지 않을 것 같았다. 한라산 아래 중산간 지대엔 이렇게 '잃어버린 마을'이 많다.

● 큰넓궤

발길을 돌려 동광리 큰넓궤(큰 동굴)로 향했다. 영화 <지슬>의 배경지이기도 한 큰넓궤로 가는 길에 '삼밭구석(삼밧구석)'이라는 표지석이 보였다. 표지석만이 이곳에 마을이 있었음을 알려주었다. 중산간 마을 소개령으로 마을이 불타자 사람들은 큰넓궤로 숨었다. 하지만 결국 대부분 목숨을 잃었고, 살아남은 사람들은 다시 영실 부근 볼래오름으로 피신했다.

시커먼 비포장도로 길을 가는데 감자(지슬) 두 개가 길 한가운데에 떨어져 있었다. 영화 〈지슬〉을 본 사람이 떨어뜨려 놓은 것만 같았나. 동백꽃이 그려진 표지석을 따라 길을 끾어 들어가니 동굴이 보였다. 동굴은 들어갈 수 없게 막아둔 상태였다. 멀리서 보면 구덩이처럼 보여서 당시 토벌대도 굴을 찾기는 어려웠을 것 같았다. 그래서 그들은 현지인을 앞세워 사람들이 피신한 동굴을 찾아냈고, 토벌대는 총을 쏘고 입구에 불을 피워 동굴 속 사람들을 질식사 시켰다.

영화 〈지슬〉은 동광마을 주민 120명이 토벌대를 피해 50여 일 동안 동굴에서 살아가는 이야기다. 실제 있었던 일은 영화보다 더 충격적이라고 한다. 중산간 마을에 사는 사람들은 어떤 이념도 가지지 않았고, 돼지를 치고 농사를 지으며 감자를 나눠먹는 민간인들이었다.

동굴 뒤쪽으로 한라산이 보였다. 한라산에 숨어서 무장투쟁을 벌인 사람들은 얼마 되지도 않았다. 하지만 해안으로 내려가면 산에서 내려온 빨갱이라고 죽이고, 산으로 올라가면 소개령에 응하지 않았다고 죽이니 마을 사람들은 동굴에 몸을 숨기며 살아야 했다. 이 사람들이 정말 빨갱이였을까.

큰넓궤

● 터진목

　제주의 3월은 노란 유채꽃 물결로 출렁였다. 광치기 해변에서 성산일출봉으로 이어지는 도로 옆으로 개인이 운영하는 유채꽃밭에서 사진을 찍는 사람들이 보였다. 하지만 그 맞은편에 있는 터진목을 찾는 사람은 아무도 없었다. 도로 옆에 있는 터진목은 일부러 4·3의 흔적을 찾으려 하지 않는다면 그냥 지나치기 쉬운 곳에 있었다. 2018년 4·3유적지 정비사업으로 안내표지판이 설치되어 있어 그나마 찾을 수 있었다.

　제주의 동쪽 끝 바다 위에 불쑥 솟아난 성산일출봉이 있는 성산리는 원래 섬이었다. 밀물 때는 섬이 되고, 썰물 때는 제주 땅이 되는 곳이었는데 땅과 섬 사이에 모래와 자갈이 쌓여 연결되었다. 1948년 음력 9월 25일 아침, 트럭에 실려와 이곳에서 총살당한 성산리 사람들만 해도 400여 명이나 된다. 시신은 모래밭에 묻혔거나 바닷물에 떠밀려갔다. 도로가 확장되는 바람에 역사의 현장도 잘려 나갔지만 터진목에 표지석을 세우고 추모공원을 만들어서 그날을 기억하고 있었다. 이곳을 다녀갔던 2008년 노벨문학상 수상작가 르 클레지오는 성산리 사람들의 이야기를 제주여행기에 포함시켜 프랑스판 『GEO』에 실었다. 그는 자신의 정신적 고향인 모리셔스 섬을 사랑하는 것만큼 아픈 역사를

터진목

터진목 안내판과 4·3유적지 표지석

간직한 제주도를 사랑한다고 했다. 이곳에서 클레지오와 친구가
된 강중훈 시인의 「섬의 우수」도 돌에 나란히 새겨져 있었다.

제주 마을을 직접 돌아다니며 4·3피해사례를 모은 한림화 작
가가 4·3 70주년 전국문학인대회에서 소개한 여성들의 피해를
보면, 성산포 특수부대 수용소에서는 처녀든 노인이든 임산부든
가리지 않고 여성들의 옷을 벗겨 양손은 뒤로 묶고 두 다리를 벌
리게 해서 거꾸로 매달고 성기에 고구마를 쑤셔 넣거나 수류탄
을 집어넣었다 빼는 등 말로 다 표현할 수 없는 짓을 했다고 한
다. 또 출산이 임박한 임산부를 부대원들이 공개적으로 윤간하
고 배를 단검으로 잘라 태아를 성산포의 터진목에 버렸는데 이
시신들 사이로 숨비기 꽃이 피어나 썩어가는 시신 냄새를 감췄
다고 한다.

이런 상황에서 용케 살아남은 여성들은 불타버린 마을로 돌아

와 밭을 일구고 물질을 했다. 폭도로 몰려서 죽은 남자보다 살아남은 여성이 더 고통스러웠을 것 같았다.

섬의 우수는 인간에게서 떨어져 나온 고립과 단절에서 온다. 노오란 유채꽃, 빠알간 동백꽃이 뿌리를 향해 돌아가듯이 제주 사람들의 상처가 치유되고 함께 산다고 느껴질 때에야 제주바다는 아름다워 보일 것 같았다.

● 다랑쉬굴

비자림과 용눈이 오름 사이에 우뚝 솟아 있는 오름의 여왕 다랑쉬오름을 지나 다랑쉬마을로 접어들었다. 하지만 마을은 보이지 않았다. 이곳 다랑쉬마을 주민들은 산디(밭벼), 피, 메밀, 조 등을 일구거나 우마를 키우며 살았다는데 흔적은 찾을 길 없고 길은 공사 중이라 어수선했다. 다랑쉬굴로 가는 길에 있는 대나무밭에서 칼을 가는 것 같은 날카로운 소리가 났다. 비포장도로 위엔 큰 물웅덩이가 있어서 길 옆으로 비켜서 지나가야만 했다.

안내판이 없었으면 동굴인 줄 모르고 지나갔을 것이다. 40년 동안 함부로 나설 수 없는 침묵의 세월이 흐르고 1992년에야 제주4·3연구소 조사팀에 의해 이 굴이 발견되었다. 발견 당시 10평 남짓한 천연동굴 안에는 시신들이 나란히 누워 있었다. 시신들에는 천 조각이나 허리띠가 걸쳐 있었고, 발밑에는 썩어가는 고무신이, 노랗게 퇴색된 머리칼에는 비녀가 꽂혀 있었다. 희생자는 11명으로, 이 중에는 여자 3명과 아홉 살 어린이도 포함되어 있었다. 남자들 중 4명은 경찰을 도와주던 대한청년단 소속이었다. 이들의 유해는 한 줌의 재로 변해 바다에 뿌려졌다. 그리고 이 굴은 유물을 그대로 남기고 다시 콘크리트로 봉쇄되었다.

해안마을인 종달리, 하도리의 주민들은 토벌대들을 피해서 이곳까지 올라왔다. 어떻게 알아냈는지 1948년 12월 18일 군인들은 이 작은 굴을 발견했다. 군인들은 굴 밖에 있던 사람들을 총살한 후 굴 속에 있는 사람들에게 나오라고 외쳤다. 굴 속으로 수류탄을 던져도 사람들이 나오지 않자 밖에서 불을 피워 질식사 시켰다. 마을 사람들은 다랑쉬굴에서 사람들이 집단학살되었다는 사실을 알고 있었지만 폭도 가족으로 몰려 죽을지도 모른다는 두려움 때문에 오랫동안 시신을 수습하지 못했다.

다랑쉬굴 근처에서 무정세월을 떠도는 혼들의 흐느낌이 들리는 듯했다. 3월인데도 바람이 이렇게 매서운데 한겨울 동굴에 있던 사람들은 그 추위를 어찌 견뎌냈을지 상상하니 몸이 얼어붙는 것만 같았다. 토벌대의 총부리에서는 벗어났겠지만 피란생활은 너무나 처절했을 것이다. 겨울철 한라산에는 살을 에는 추위

다랑쉬굴

아끈다랑쉬오름

만 있을 뿐 먹을 것이 어디 있었으랴. 종달새가 푸른 하늘을 날아올라도 동굴 속 사람들은 한라산 아래 대숲의 울음소리만 들었을 것이다.

다랑쉬굴을 돌아 나와 다랑쉬오름 쪽으로 걸어갔다. 다랑쉬오름은 산봉우리의 분화구가 달처럼 둥글어서 붙여진 이름이다. 다랑쉬오름은 예전에 오른 적이 있어서 이번엔 그 옆에 있는 아끈다랑쉬오름을 올라보기로 했다. 다랑쉬오름은 정상까지 꽤 걸렸는데 아끈다랑쉬오름은 작은 다랑쉬오름이라는 이름답게 10분도 채 되지 않아 정상에 올랐다. 분화구에 올라서자 바람이 몸을 흔들어댔다. 반짝이는 억새가 펼쳐져 있었지만 잃어버린 다랑쉬마을을 생각하니 풍경이 마냥 아름답지만은 않았다.

제주에는 기생화산인 오름이 368개나 있다. 제주 사람들은 각각의 오름에는 제주의 신들이 자리 잡고 있다고 믿어왔다. 제주에 산다고 한들 산과 오름, 바다의 구석구석에 스며 있는 1만 8천 명 신들의 섭리를 어찌 다 알 수 있으랴. 제주도는 비밀을 한꺼번에 다 말하지 않는 것 같았다. 신들이 숨겨 놓은 진리를 쉽게 얻으려 해서는 안 될 것 같다는 생각이 들었다.

오름에 올라왔지만 다랑쉬굴은 보이지 않았다. 제주 역사의 현장은 수많은 오름 속에 묻혀 있다. 과거는 현재와 연결되어 있고 미래는 우리의 의식 수준만큼 열린다. 역사에서 교훈을 얻지 못한다면 비극적인 일들은 다시 반복될 것이다. 4·3은 아름다운 제주의 불편한 진실이다. 과거의 불편한 기억을 불러내어 다시 새로운 기억으로 대치하는 것만이 제주도를 제대로 볼 수 있을 거라는 생각을 하면서 오름을 내려왔다.

● 섯알오름

모슬포 송악산을 조금 벗어나니 너른 들판이 펼쳐지고 대나무로 만든 거대한 소녀가 파랑새를 안고 있는 조형물이 보였다. 일제강점기 때 비행기 활주로로 쓰였던 알뜨르 비행장의 현재 풍경이다. 제주도 말로 '아래뜰'이라는 이름을 가진 이곳을 일본은 태평양전쟁 때 전략적 요충지로 삼았다. 일본은 모슬포 주민들을 강제노역에 동원해서 격납고를 비롯해 대규모 군사시설을 짓

알뜨르 비행장의 평화의 메시지를 전하는 작품 〈파랑새〉와 격납고

기 시작했다.

알뜨르 비행장의 격납고들은 들판에 띄엄띄엄 숨겨져 있었다. 태평양전쟁이 끝나갈 때쯤이던 1944년 가미카제 전투기를 보호하기 위해서 만들어진 것이다. 격납고와 조금 떨어진 곳에는 지하 벙커도 있다. 이곳 알뜨르에서 소위 말하는 자살특공대 훈련이 이루어졌다. 궁지에 몰린 일본이 조종사로 하여금 폭탄이 장착된 비행기를 몰고 미국 군함을 향해 돌진하는 수법을 쓴 것이다.

가미카제의 출현은 미군을 공포 속으로 몰아넣었다. 앞쪽 격납고에 실제 일본군 비행기 모양을 본떠 만든 철제 조형물이 보였다. 위로의 메시지를 담은 알록달록한 리본들이 철제에 매달려 바람에 나부끼고 있었다.

소녀상에서 남쪽으로 난 길을 따라 가다보면 섯알오름 학살터가 나온다. 일제가 탄약 창고로 썼던 곳인데 후에 미군이 점령해서 일본군의 무기를 폭파시켜 웅덩이가 생겼다. 잔혹한 4·3사건이 진정될 무렵 6·25전쟁이 발발했다. 군경은 좌익에 가담할 가능성이 있는 사람들을 잡아가기 시작했는데 제주도에서도 천여 명의 예비검속자들이 총살되어 산에 암매장되거나 바다에 수장되었다.

1950년 8월 20일 칠월칠석날 모슬포 경찰서에 예비검속된

섯알오름 4·3유적지

357명 중 252명도 새벽녘 두 차례에 걸쳐 트럭에 실려와 이 웅덩이에서 학살당했다. 중대장은 트럭에서 내리는 사람들을 웅덩이 가장자리로 끌고 와서 한 사람이 한 명씩 총살하라고 명령했다. 그러자 일렬종대로 대기하고 있던 대원들은 한 명씩 세워두고 총으로 쏴 시신을 웅덩이 안으로 떨어지게 했다. 가족들이 뒤늦게 이 사실을 알고 달려와 시신을 수습하려고 했으나 계엄군의 저지로 7년 동안 이곳은 출입금지 구역이 되어 버렸다.

1956년에야 유가족의 끈질긴 탄원으로 1차 수습된 유골은 만뱅디 묘역으로, 2차 수습된 유골은 백조일손지지로 안장시켰다. '백조일손'이라는 말은 유골이 엉켜서 누구의 유골인지 모르니 백 명의 조상을 한 자손의 이름으로 무덤을 만든 것이다.

비석 뒷면에 새겨져 있는 김경훈 시인의 「섯알오름길」을 읽으니 당시의 모습이 떠올려졌다. 끌려오던 사람들은 길에 고무신이나 옷 등을 트럭 바깥으로 던져서 자신들이 끌려가는 곳을 가족들에게 필사적으로 알렸다고 한다.

언덕 위의 소나무들이 두 개의 웅덩이를 둘러싸고 있었다. 희생자 추모비 뒤에서 스산한 바람이 불어왔다. 왜 하필 칠월칠석날이었을까. 그들은 하늘에서 누구를 만났을까.

역사의 동굴 제주4·3평화공원

그 악몽의 현장, 그 가위눌림의 세월, 그게 그의 고향이
었다. 그러니 고향은 한마디로 잊고 싶고 버리고 싶은
것의 전부였고, 행복이나 출세와는 정반대의 개념으로
이해되었다. 중호는 고향의 모든 것을 미워했다.

-「해룡 이야기」중

'해룡'은 제주도 해변을 수시로 침범하여 섬 여자를 겁탈하고
살인하던 왜구를 상징한다. 「해룡 이야기」의 주인공 중호는 고향
을 떠나 대기업의 부장이 되어 출세를 했지만 고향 친구들의 노
래 하나에 제주도의 핏빛 유년이 되살아난다. 제주도 사람이라
는 피해의식을 가슴 속에 묵혀두고 살아왔던 중호는 결국 아버
지의 억울한 혼백, 자학하는 어머니, 자신의 육지 콤플렉스를 떨
어내기로 결심한다. 주인공 중호는 아마도 현기영의 억압된 내면
일 것이다. 작가는 이 억압을 해방시키기 위해서 소설을 썼다고
했다.

제주4·3평화공원에 들어서자마자 맑던 하늘은 구름이 끼었고,
까마귀 떼가 하늘 위를 빙빙 돌았다. 다른 곳에서는 보지 못했던

까마귀 떼가 이곳에서는 떼를 지어 날아다녔다.

  기념관의 '역사의 동굴' 속으로 들어갔다. 동굴을 빠져나오니 비분이 없는 4·3백비가 천장에 뚫려 있는 구멍 사이로 하늘을 바라보며 하얗게 빛나고 있었다. 백비白碑는 어떤 까닭이 있어 글을 새기지 못한 비석을 일컫는다. 그렇다. 제주4·3은 끝난 것이 아니다. 통일이 되면 4·3의 아픔은 없어질까. 아직도 낡아빠진 이데올로기가 민족의 마음을 떠나지 않고 있는데 어떤 이름을 이 백비에 써넣을 수 있단 말인가.

  기념관 안에는 해방 공간에서의 사상 논쟁, 무장봉기의 배경, 섬의 초토화와 민간인 학살, 한국전쟁으로 희생당한 역사 등이 생생한 증언과 함께 상세히 기록되어 있었다. 다랑쉬 특별전시관은 유골 발굴 현장자료와 함께 굴의 내부를 실물 크기로 재현해 놓아서 다랑쉬굴에 갔을 때 보지 못한 내부의 모습을 자세하게 볼 수 있었다.

  4·3 희생자들의 얼굴이 새겨진 터널을 지나면서 70여 년 동안 이 땅에 떠돌았을 혼들을 그려 보았다. 이제는 그들을 보내주어야 할 것 같다는 생각이 들었다. 아직 끝나진 않았지만 나머지는 살아남은 자들의 몫이기 때문이다.

  기념관을 나오니 뒤쪽으로 빠알간 동백꽃 조형물이 눈에 띄었

제주4·3평화공원
4·3백비와 조각상 〈비설〉

다. 기나긴 겨울에 피었다가 꽃잎도 날리지 않고 툭 떨어지는 동백꽃은 4·3을 상징하는 꽃이다.

"윙이자랑 윙이자랑…"

제주도에서는 아기를 아기구덕에 눕히고 이 노래를 부르며 삼승할망에게 아기가 잘 자라도록 빈다. 검은 벽돌에 적힌 자장가는 달팽이 같이 빙글빙글 돌다가 어멍이 아기를 안고 있는 조각상 〈비설飛雪〉 앞에 멈추었다. 이 조각상은 1949년 1월 6일 토벌대에게 쫓겨 두 살 난 딸을 등에 업고 피신하다 총에 맞아 쓰러진 변병생이란 여인을 모티브로 만들어졌다. 당시 25세였던 그녀는 행인에 의해 눈더미 속에서 발견되었다. 눈 속에 묻혀 있던 그녀와 아이의 혼은 눈바람에 날아올라 하늘의 별이 되었다.

계단을 올라 위령광장으로 올라가는데 까마귀 떼가 풀밭에 앉아 있었다. 70여 년의 긴 침묵을 이 까마귀들은 알고 있을 것이다. 바람이 불자 까마귀 떼가 붉은 상처를 물고 일제히 날아올랐다.

3장

거친 삶의 파도 **부산** 〜〜〜〜〜〜〜〜〜〜

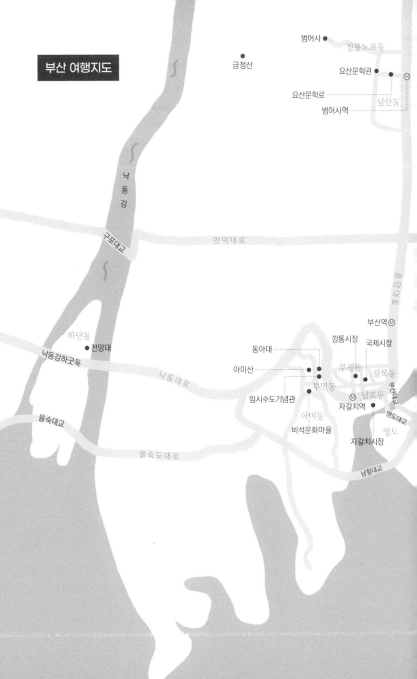

부산 여행지도

금정산

범어사
청룡노포동
요산문학관
요산문학로
남산동
범어사역

낙동강

구포대교
만덕대로
금강엄교

하단동
전망대
낙동강하굿둑
낙동대로
동아대
깡통시장
부산역
아미산
국제시장
부평동
임시수도기념관
부민동
광복동
을숙대교
아미동
자갈치역
남포동
비석문화마을
영도대교
을숙도대로
자갈치시장
영도
남항대교

1

눈물 젖은 낙동강

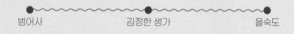

범어사   김정한 생가   을숙도

📖 책 속의 책

김정한,「사하촌」,1936
김정한,「추산당과 곁사람들」,1940
김정한,「모래톱 이야기」,1966

사찰의 수탈 범어사

치삼 노인은 '중놈'이란 바람에 가슴이 선뜩하였다. 그
것은 자기들이 부치고 있는 절논 중에서 제일 물길 좋
은 두 마지기가, 자기가 젊었을 때, 자손 대대로 복 많이
받고 또 극락 가리라는 중의 꾐에 속아서 그만 불전에
아니 보광사에 시주한 것이기 때문이다. 멀쩡한 자기 논
을 괜히 중에게 주어놓고 꿍꿍 소작을 하게 되고 보니,
싱겁기도 짝이 없거니와, 딱한 살림에 아들 보기에 여간
미안스러운 일이 아니었다. ―「사하촌」 중

1936년에 발표한 김정한의 등단작 「사하촌」은 보광사에서 소
작을 붙여먹는 농민들과 일제의 앞잡이가 되어 횡포를 부리는
승려들의 이야기다. 김정한은 1908년 부산 동래구에서 태어나
범어사에서 세운 사립 명정학교를 다녔다. 종조부 중의 한 분이
범어사의 승려로 있었기에 소설 속 보광사는 범어사일 것이라고
추정하고 있다.

김정한은 일제강점기에 태어나 전쟁을 겪고 분단된 나라에서
살았다. 부산을 한 번도 떠난 적이 없는 그는 어떤 이념이나 조

직에도 매이지 않고 문학과 삶을 일치시키려 했다. 그랬기에 승려가 일제와 결탁하여 민중들을 수탈하는 현실을 외면할 수 없었던 것이다. 함부로 건드리기 힘든 종교의 타락상을 거침없이 표현했던 김정한의 작가정신은 데뷔작부터 파격이었다.

버스를 타고 범어사 입구에서 내려 금정산을 바라보며 걸었다. 범어사로 가는 길 양쪽에 늘어선 연등이 바람에 어깨춤을 추고 있었다. 범어사는 범천에서 오색구름을 타고 내려온 금빛 물고기가 금샘에서 노닐었다는 전설을 가지고 있는 사찰이다.

금정산 계곡에 있는 등나무 군락지에는 400여 그루의 등나무가 사랑에 취한 듯 서로를 감싸 안고 햇빛을 막고 있었다. 칡과 등나무를 뜻하는 '갈등'이란 말을 생각해 보았다. 칡은 오른쪽으로 감아올라가고, 등나무는 왼쪽으로 감아올라간다. 우리 삶도 오른쪽과 왼쪽으로 나뉘어 갈등의 연속이다.

「사하촌」 소작인들의 가뭄에 빨갛게 타들어간 마음은 계곡물에 흘러가 버린 듯했다. 더펄머리를 풀어헤치고 악을 쓰던 사람들은 이제 없지만 마음에 가뭄이 든 사람들은 여전히 계곡을 찾고 있었다.

저수지의 물은 그예 끊어졌다. 물 끊어진 수문을 우두

범어사 풍경

커니 들여다보는 농민들은 하도 억울해서 말도 욕도 아니 나오고, 그만 그곳에 주저앉았다. 그와 동시에 온종일 수캐처럼 쫓아다닌 피로까지 엄습해서 일어날 생각이 없었다.

그러나 한편, 물을 흐뭇이 댄 보광리-최근에 생긴 중마을-사람들은 제 논물이 행여 아랫논으로 넘어 흐를세라 돋우어 둔 물꼬와, 논두렁 낮은 짬을 한층 더 단단히 단속하느라고 몹시 바빴다.

극심한 가뭄에 논바닥이 말라붙었고, 주인공 들깨는 논에 물을 대러 갔다가 허탕을 친다. 보광사 중들이 물을 끌어다 썼기 때문이다. 자기 논의 물꼬를 터놓은 고서방은 보광리 사람들에 의해 폭행을 당하고 저수지의 물도 끊긴다. 관에서 저수지의 물을 방류했을 때 사하촌 소작 농민들은 보광사 중들에게 물길을 뺏겼다. 가뭄도 문제이지만 관에서 물길을 막아버린 것에 원인이 있는데도 성동리 주민들은 보광사에 가서 돈을 내며 기우제를 올린다.

중들을 빼놓고는 모두 앞을 다투어 돈들을 내걸고 절을

하며 소원성취를 빌었다.

"어서 물러 나와요. 다른 사람도 좀 보게."

진수 어머니는 다 같은 보살계원을 밀어내고 들어서더니, 자기는 돈을 얼마나 냈는지 절을 열 번도 더 했다.

주지 부인을 보고, 어머니 어머니 하고 섰던 진수도, 남먼저 쫓아나가서 대가리를 땅에 처박았다.

성동리 아낙네들은 이미 주머니가 빈지라, 부러운 듯이 곁에서 남이 하는 구경만 하고 있었다.

주민들은 기우제를 지내보기도 했지만 아무런 소용이 없었고, 가을이 되었으나 흉작이었다. 알밤을 줍다 산지기에게 들켜 도망치다 한 아이가 굴러 떨어져 죽는다. 손주를 잃은 할머니는 미쳐버리고 만다. 가뭄이 계속되는 가운데 중들은 소작표를 매기고 영농자금과 비료 대금에 대한 빚을 갚으라고 독촉한다. 주인공 들깨를 비롯해서 농민대표들은 보광사에 선처를 호소했지만 거절당한다. 며칠 뒤 마을 사람들의 논에는 입도 차압의 팻말이 붙기 시작하고, 고서방은 야간도주를 하고 만다. 극한 상황에 처한 농민들이 차압 취소와 소작료 면제를 탄원하기 위해 볏짚단을 들고 보광사로 향하면서 이 소설은 끝이 난다.

「사하촌」이 조선일보 신춘문예에 당선되자 범어사 승려들이 날마다 김정한의 집에 찾아와서 시끄럽게 했다. 남해에서 교원 생활을 하고 있던 김정한은 그 소식을 전해 들었다. 도청의 장학사도 그를 불러서 나무랐다. 방학 때 부산에 들른 김정한은 결국 승려들에게 봉변을 당해 상금을 치료비로 지불하고 후유증을 앓아야 했다. 하지만 그는 굴하지 않고 그 후에도 승려들의 횡포를 다룬 이야기를 썼다.

하마下馬라는 글자가 새겨진 돌이 눈에 띄었다. 말을 타고 온 지체 높은 사람도 내려서 걸어야 하는 길이다. 정계 개편 등이 있을 때 항간에 나도는 '하마평下馬評'이란 말도 이 하마비에서 유래되었다. 가마나 말에서 내린 주인이 볼일을 보러 가고 없는 동안 가마꾼이나 마부는 무료함을 달래느라 자신들이 모시는 주인의 출세에 대한 이야기를 나누곤 했던 것이다.

하마비 뒤에 다른 사찰에서는 잘 볼 수 없는 생김새가 독특한 일주문(조계문)이 보였다. 보통 사찰의 기둥은 2개인데 조계문은 기둥이 4개였다.

천왕문을 지나면서 일상의 집착을 벗어버리고 불이문 앞에 섰다. 불이문 기둥 좌우에 "이 문을 들어서면서부터는 세상의 알음알이를 논하지 말라"는 뜻을 가진 한자 주련이 걸려 있었다. 범어

하마비, 일주문, 불이문, 범어사 전경

사에서 출가해서 불교정화운동에 앞장선 동산 스님의 친필 글귀였다.

전란에 동요하는 민중을 통제하기 위해 대대로 왕실은 종교를 이용하곤 했다. 조선총독부 역시 식민지 지배를 위한 수단으로 불교를 이용했고, 해방 후 기독교 국가를 세우려던 미군정은 조선의 불교를 인정하지 않았다.

조선총독부는 "처자식을 둔 대처승도 주지가 될 수 있다"는 내용이 담긴 '사찰령'을 시행했다. 일제 말 통계로 전국의 약 7,000명 승려 가운데 6,500여 명이 대처승일 정도로 한국 불교는 일본 불교에 철저히 동화되었다. 당시 세력이 약했던 비구승들은 일제 잔재인 대처승을 몰아내려고 했지만 수적으로 대적이 되지 않았다. 대처승과 비구승의 갈등이 심각해지자 1954년 이승만 대통령은 '불교정화유시'라는 것을 발표하면서 대처승에게 사찰을 떠날 것을 명령했다. 유혈사태가 벌어진 끝에 비구승들이 전국 본사와 사찰을 접수해서 지금의 대한불교조계종이 출현하게 된 것이다.

"……집안이 가난하던 차에 농사일이 하기 싫고 하니까, 열두 살 때에 그만 절로 달아났겠지. 나무하러 갔다

가 지게는 산에 벗어던지고…… 그러나 불도를 배우기

는커녕, 부처 불자도 모르고서 그만 또 이내 바랑을 지

고 동냥실을 나섰지. '동냥 왔소. 나무아미타불 관세음

보살'을 십여 년 해서 논도 사고 돈도 모았지 그래. 하

기야 그동안 마을 사람들에게 고깔도 많이 부쉬고 배도

무척 곯았다더라만……." –「추산당과 결사람들」 중

김정한은 「추산당과 결사람들」에서 욕심을 이기지 못하고 타락
한 대처승의 이야기를 펼쳐 놓았다. 대처승인 추산당이 곧 죽는
다는 소문만 나고 좀처럼 죽지 않았는데, 보고 오는 사람마다 금
방 죽지 않는 것이 이상하다고 말한다. 주인공 명호 할머니는 재
물이 아까워서 그리 일찍 죽지는 않을 것이라고 말한다.

그는 악을 한 번 바락 쓰더니 머리맡에 두었던 토지대장

을 덥석 꺼내 쥐고는 눈을 무섭게 희번덕거리며 경풍 든

사람처럼 별안간 전신을 덜덜 떨어냈다. 아무도, 그리고

어떠한 일도 이젠 그를 진정시킬 수는 없을 듯하였다.

주인공 명호는 추산당의 마지막 발악을 지켜보며 의지가 굳센

사람은 결코 죽음에도 굴복되지 않을 거라고 생각한다. 추산당은 결국 숨을 거두었고, 추산당의 유서가 없어지자 일가친척들은 그것을 보관하고 있던 추산당의 양자를 의심하고 흠씬 두들겨 팼다.

금정산이 둘러싸고 있는 범어사 도량에는 부처님 오신 날을 위해 내걸린 수많은 연등이 공허한 바람에 흔들리고 있었다. 가물었던 사찰의 계곡물도 기운차게 흘러서 당시의 풍경도 한 시대의 단면으로만 남았다. 치열한 투쟁이 있었기에 사찰이 이렇게 평온한 건 아닐까.

사람답게 살아가라 요산 김정한 생가

범어사에서 내려오는 길에 남산동의 요산 김정한 생가에 들렀다. 자동차를 타고 내비게이션을 찍으면 쉽게 찾을 수 있지만 걸어서 가면 찾기가 쉽지 않은 곳에 있었다. 복원된 생가 바로 옆에 요산문학관도 함께 있었다.

사람답게 살아가라! 비록 고통스러울지라도 불의에 타
협한다든가 굴복해서는 안 된다! 그것은 사람이 갈 길

은 아니다. -「산거족」중

이 말은 김정한의 성품을 잘 나타내는 말이다. 문학관 입구에
도 "사람답게 살아가라"는 글이 크게 쓰여 있었다. 일제강점기에
태어나 기나긴 세월을 짓눌려 살아오면서 울음을 안으로만 삭여
야 했던 때 문학은 그에게 "가냘픈 하소연이고 반항"이었다. 그
는 이 말처럼 평생 사람답게 살아가려고 노력했다.

김정한은 1929년 일본으로 건너가 와세다 대학을 다니다가 3
학년 방학 때 잠시 귀국했는데 양산 농민봉기사건으로 붙잡혀
학교를 그만두게 되었다. 그 후 1940년 조선어교육이 금지되자
교직을 내려놓고 강제 폐간의 위기에 놓인 〈동아일보〉의 지국을
맡았다가 몇 달 되지 않아서 그만둘 수밖에 없었다. 해방 후에는
건국준비위원회에 관계하면서 신문사 논설위원을 맡기도 했고,
부산대학교 교수 생활을 하기도 했다. 89세의 나이로 생을 마칠
때까지 그의 문학은 한결같이 소외된 계층의 억눌린 삶을 대변
했다.

전시실 2층에는 김정한이 생전에 썼던 갓과 모자, 도장, 수첩,
안경, 육필 원고 등이 전시되어 있었고, 그의 육성도 들을 수 있
었다. 문학관 창 너머로 생가가 내다보였다. 사람답게 살아가기

요산 김정한 문학관 외부, 내부
요산문학로의 벽화

위해 일제강점기에는 식민지 통치에 저항했고, 해방 후에는 정치 권력의 횡포에 맞섰던 그의 생애가 햇빛에 반짝이고 있었다.

요산문학관을 나와 청룡초등학교 쪽 골목으로 내려오다 보니 요산문학로가 조성되어 있었다. 벽면에는 김정한의 작품들이 그림으로 표현되어 있었지만 주차된 차들 때문에 제대로 감상하기가 어려웠다. 요산문학로 표식은 가게 간판, 전봇대, 쉼터에도 붙어 있었지만 동네 사람들은 김정한에 대해 과연 얼마나 알고 있을까 하는 의문이 들었다.

범어사역 가까이 오니 요산문학로라고 적힌 대형 게이트가 설치되어 있었다. 범어사역 입구 벽에 거대하게 붙어 있는 "사람답게 살아가라"는 말이 새삼 마음에 와닿았다.

갈대밭의 울음 을숙도

섬의 생김새가 길쭉한 주머니 같다 해서 조마이섬이라고 불려 온다는 건우의 고장에는, 보리가 거의 자랄 대로 자라 있었다. 강바람이 불어올 때마다 푸른 물결이 제법 넘실거리곤 했다.

낙동강 하류의 삼각주 일대가 대개 그러하듯이, 이 조마

이 섬이란 데도 사람들이 부락을 이루고 사는 것이 아니라
그저 한 집 두 집 띄엄띄엄 땅을 물고 있을 따름이었다.

—「모래톱 이야기」 중

김정한은 식민지 청년으로 민족해방을 위한 비밀결사 같은 곳
에 들어갈 용기가 모자라서 문학의 길로 접어들었다고 했다. 일
제의 탄압이 극에 달하자 그는 결국 붓을 꺾고 말았는데 해방이
되었어도 붓이 들어지지 않았다고 한다. 이십 년이 넘도록 침묵
하던 작가는 세상에서 소외된 사람들의 이야기에 침묵할 수 없
었다. 그래서 절필 후 26년만인 1966년, 59세의 나이에 그는 「모
래톱 이야기」를 내놓았다.

"여기서 오는 거 아무거나 타면 된다. 그긴 풀밖에 없는데 와
갈라 카노?"

지하철 1호선 하단역에 내려, 버스를 기다리고 있는 할머니에
게 을숙도 가는 방향을 물었더니 돌아온 대답이다. 할머니와 함
께 마을버스를 타고 낙동강하굿둑 위를 달려 겨우 한 정류장을
지나니 을숙도였다. 버스에 타고 있던 사람은 아무도 내리지 않
았다.

나무 육교가 보였고, 길 건너편에 '철새도래지 을숙도'라는 표

지석이 을숙도에 들어왔음을 알려주었다. 갈대는 고요히 석양빛을 받아내고 있었다.

식민지 시절 을숙도는 동양척식회사의 땅이었고, 그 후에는 나환자 수용소가 들어서기도 했다. 일제강점기에는 일본인, 해방 후에는 국회의원, 그 뒤엔 매립 허가를 받은 유력자의 손에 넘어가서 선조 때부터 이 땅에서 살아왔던 사람들의 권리는 없었다. 땅은 사람이 살기 이전에도 있었고, 사람이 죽고 나서도 남는다. 미래를 멀리 내다보지 못하는 인간은 개발의 이익 때문에 땅을 소유하면서 철새를 쫓아내고 자연의 흐름을 파괴했던 것이다.

을숙도문화회관 입구로 들어서니 을숙도가 요산 김정한의 소설 「모래톱 이야기」의 배경지임을 알리는 표지석이 세워져 있었다.

낙동강문화관이 있는 곳에는 낙동강하굿둑 준공기념탑이 우뚝 솟아 있었다. 그 옆에 있는 전망대에 오르면 방금 버스로 지나온 낙동강하굿둑이 내려다보인다. 낙동강은 대대로 영남 사람들의 젖줄이었다. 낙동강 나루를 중심으로 마을이 발전하고 시장이 섰다. 강 건너 명지동 아파트 자리는 경상도를 대표하는 염전인 명지염전이 있었던 곳이다.

담임인 '나'는 제자 건우가 쓴 조마이섬의 내력을 읽고 건우의 가족을 만나기 위해 가정방문 주간에 나룻배를 타고 강을 건넌다.

낙동강하굿둑 준공기념탑과 「모래톱 이야기」 표지석

고깃배를 타는 시아버지와 함께 사는 건우 어머니는 보리 농사와 채소를 가꾸며 그럭저럭 살고 있었다.

"재첩은 더러 안 건지세요?"

강마을 일이라 이렇게 물었더니,

"그건 남자들이라야 안됩니꺼. 또 배도 있어야 하고요."

할 뿐, 그러나 이쪽에서 덤덤하니까,

"물 빠질 땐 개발이싸 늘 안 나가는기요. 조개새끼도 파고 재첩도 줏지만 그런기사 어데 돈이 댑니꺼."

낙동강 하류와 접한 마을은 습지라 농사짓기가 어려워서 아낙들은 재첩국을 팔아 생계를 유지했다. 재첩은 강물과 바닷물이 서로 섞이는 곳에서 생산되는 어패류다. 낙동강하굿둑이 생기는 바람에 재첩은 사라졌고, 지금은 하동 재첩이 더 유명해졌다.

아낙들이 낙동강 구포다리 아래에서 채취한 재첩을 국으로 만들어 주변 장터에 팔기 시작한 것은 조선 후기부터였다. 그 뒤 사상공업단지가 조성되자 사람들이 해독작용이 있는 재첩국을 찾기 시작해서 삼락동에 재첩골목이 들어섰다.

"재첩국 사이소!"

모래펄에서 잡은 재첩을 삶아 새벽 장사를 나갔던 아지매의 목소리가 귓가에 들리는 듯했다.

'나'는 나루터로 되돌아오는 길에 건우 할아버지를 만난다. 6·25전쟁 때 함께 감옥살이를 했던 윤춘삼은 건우 할아버지인 갈밭새 영감이 섬사람들을 몰아내기 위해 관청에서 나환자들을 싣고 오자 앞장서서 쫓아냈다는 이야기를 들려 준다.

"이 개같은 놈아, 사람의 목숨이 중하냐, 네 놈들의 욕심이 중하냐?"

말도 채 끝내기 전에 덜렁 그자를 들어 물 속에 태질을 해 버렸다는 것이다. 상대방은 '아이고' 소리도 못해보고 탁류에 휘말려 가고, 지레 달아난 녀석의 고자질에 의해선지 이내 경찰이 둘이나 달려 왔더라고.

"내가 그랬소!"

갈밭새 영감은 서슴지 않고 두 손을 내밀었다는 것이다. 다행히도 벌써 그때는 둑이 완전히 뭉개지고, 섬을 치덮던 탁류도 빙 에워 돌며 뭉그적뭉그적 빠져나가고 있었다는 것이다.

을숙도공원와 낙동강하굿둑

어느 날 홍수가 나서 조마이섬 주민들이 위기에 처하자 갈밭새 영감은 섬 매립을 위해 만들어 놓은 둑을 허물다가 살인까지 하게 된다. 갈밭새 영감의 정의로운 행동은 곧 김정한의 정신이었다. 당시에 국가 권력과 싸우는 것은 불 속을 뛰어드는 것과 마찬가지였다. 결국 갈밭새 영감은 감옥살이를 하고, 건우는 학교에 나오지 않는다. 그리고 황폐한 모래톱에 군대가 들어서는 것으로 이 작품은 끝이 난다.

태백에서 태어나 고향을 등지고 먼 길을 돌아 나온 낙동강은 바다를 만나 을숙도를 낳았다. 60년대까지만 해도 을숙도는 이름처럼 새가 많고 물이 맑은 곳으로 동양 최대의 철새 도래지였다. 덕분에 지구의 남반구에서 날아온 도요새 같은 새들은 알을 낳으러 가기 전에 이곳에서 쉬면서 배를 채우고 떠날 수 있게 되었다. 또 낙동강은 예로부터 철새인 오리가 많이 날아드는 곳이어서 오리알이 많았다. 그런데 오리알은 맛이 없어서 사람들이나 짐승들이 거들떠보지 않았다. 방치된 오리알은 소외되고 처량해 보였다. '낙동강 오리알'이라는 표현도 여기서 생겨난 것이다. 재첩이 지천에 있었고 갈대밭이 사각거리던 일웅도라는 섬도 낙동강하굿둑 공사가 시작되면서 을숙도에 합병되어 을숙도생태공원이란 이름으로 바뀌었다.

둑이 섬을 가로지르면서부터 바다와 강은 몸을 섞을 수 없게 되었다. 낙원의 꿈을 잃은 철새들도 다른 곳으로 많이 옮겨갔다. 최근엔 다시 낙동강하굿둑을 개방해서 생태계를 찾으려는 움직임을 보이고 있다. 하늘과 땅 사이에서 신이 되려는 인간은 늘 좌충우돌하다가 답을 찾는 것 같다.

낙동강의 갈대들은 삿갓이 되고, 지붕이 되고, 울타리가 되었다. 때로는 소금을 만들어내기 위해 불 속에 뛰어들기도 했다. 축축한 땅에 깊이 뿌리를 박고 여운으로 떠돌던 울음들을 갈대는 기억하리라.

사람 눈에 잘 안 띄는 곳에서 알을 품는 오리는 반도의 한을 뭉쳐 안고 돌고 돌아 내려온 낙동강 어디선가 몸을 풀고 있을 것이다. 석양을 뒤따르는 검은 그림자가 비칠 때까지 나도 갈대밭에서 지친 몸을 풀었다. 푸른 하늘을 이고 있는 낙동강 하구의 갈대는 강에서 불어오는 바람에 조용히 흔들렸다.

② 피란수도에 솟아난 생명력

임시수도   아미동   부산의
기념거리   비석문화마을   시장들

📖 책 속의 책

김정한, 「지옥변」, 1970

1023일간의 소용돌이 <mark>임시수도기념거리</mark>

> 그밖에도 징지를 둘러싼 별의 별 일들이 많았다. 굵직굵
> 직한 야당 국회의원들의 집에 소위 조작된 북쪽의 괴문
> 서가 밤중에 투입되는가 하면(나중에는 충성심을 시험
> 하기 위한 모처의 소행이라고 밝혀졌지만), 잇달아 계
> 엄령이 내리고 국회에 출석하려던 의원들이 의사당 앞
> 에서 통근버스째 크레인 차에 끌려서 헌병대의 차고로
> 직행하는 소동까지 벌어졌다. -「지옥변」중

주인공 차돌이는 해방 후 징용을 갔다 온 아버지를 간신히 만났지만 2년 만에 다시 아버지와 영영 작별을 해야 했다. 차돌이는 아버지를 묻고 난 후 다니던 학교를 그만두고 구두닦이를 하면서 정치의식이 싹튼다. 김정한은 「지옥변」에서 6·25전쟁 당시 1023일 동안 임시수도였던 부산에서 일어난 일들을 차돌이의 눈을 통해 낱낱이 보여 주고 있다.

1948년 대한민국이 탄생했을 때의 헌법에는 대통령을 국회에서 간접선거로 선출하도록 되어 있었다. 초대 대통령이었던 이승만은 자신이 다시 대통령이 될 가능성이 없자 대통령 직선제 개

헌안을 강압적으로 통과시켰다.

현재 동아대학교 부민캠퍼스 석당박물관으로 사용 중인 붉은 벽돌건물은 임시수도 정부청사로 썼던 곳이다. 직선제에 반대하는 야당 의원 50여 명을 통근버스째 연행해 간 '부산정치파동'의 출발지이기도 하다.

1954년 이승만은 연임 제한을 철폐하는 개헌을 다시 시도했는데 부결되자 사사오입이라는 수학 이론을 도입하여 개헌을 통과시켰다. 그런데 대통령 선거를 앞두고 이승만은 엉뚱하게도 자신은 더 이상 정치에 생각이 없다며 불출마 선언을 했다. 불출마 선언 다음 날, 부산에서는 일대 소란이 벌어졌다. 이승만의 불출마 선언을 반대하는 온갖 단체들이 총궐기를 하기 시작한 것이다. 서울에서는 노동자와 농민들이 우마차 800대를 끌고 몰려와 이승만의 재출마를 외치며 경무대 앞에서 행진시위를 했다. 이승만의 정치쇼로 인해 서울 거리는 동물들의 분뇨로 범벅이 돼 시민들은 코를 쥐고 다녔다. 이승만은 이런 식으로 '민의'를 구축했다. 이 과정을 지켜본 언론들은 '우의마의 정치'라는 말을 했다. 이승만은 계획대로 불출마 선언을 철회했다.

3선에 성공한 이승만은 임기가 끝나자 또 4선 출마의사를 밝혔다. 라이벌이었던 조병옥 후보가 갑작스럽게 사망하는 바람

석당박물관

에 이승만은 대통령 당선이 확정된 상태였지만 문제는 부통령이었다. 부통령으로 출마한 민주당 장면 후보의 지지율이 높았던 것이다. 결국 자유당 후보 이기붕을 당선시키기 위해 3월 15일 부정선거가 저질러졌고, 이기붕은 부통령이 되었다. 이 사건은 4·19혁명의 도화선이 되었다.

저녁 잘 먹고 집을 나간 멀쩡한 소년이, 눈에 최루탄 살이 박힌 채 시체로서 바다 위에 떠올랐다. 아침 햇살이 보아란 듯이 그것을 시민 앞에 드러냈다.
어머니는 울었다. 세상 어머니들이 울기 시작했다. 소년들도 울고, 청년들도 울고, 노인들까지 울고······ 울다가 그만 화를 벌컥 냈다. 제 새끼를 빼앗긴 코끼리가 호랑이를 보고 내닫듯이 시민들은 떼관음보살처럼 거리로 달려 나왔다.

3·15부정선거에 시민들은 분노했고, 선거 무효와 재선거를 주장하는 학생들의 시위가 일어났다. 그러다 3·15마산의거에 참가했던 김주열 학생이 실종되었고, 4월 11일 아침 마산 앞바다에 시체가 떠올랐다. 차돌이도 구두통을 던져버리고 거리로 나선다.

차돌이는 아버지와 같이 뉴기니아 섬에서 징용살이를 하고 온 울산 아저씨가 새벽에 형사들에게 잡혀갔다는 소식을 듣는다. 낮에는 부두 일을 하고 밤에는 내일민간청구권협회 일을 하는 울산 아저씨가 성명서를 냈기 때문이다. 일제강점기 때 전쟁 비용을 조달하기 위해 보험, 채권 등에 강제 가입한 우리 국민들은 일제 패망 이후 어떠한 보상조치도 받을 수 없었다. 1965년 박정희 정권은 일본과 '한·일청구권협정'을 체결하여 경제원조 등의 보상을 받았고, 이후에 대일민간청구권과 관련해서 어떠한 책임도 묻지 않기로 했기 때문이다.

역시 수사 당국에서 문제 삼은 근본 꼬투리는 〈민간대 일청구권협회〉에서 낸 성명서였지만…… 비밀집회니, 출판물에 관한 무슨 법 위반이니 뭐니 해서, 되도록 무거운 죄목을 덮씌우려고 했던 모양이다. 게다가 누구의 지령이냐고 윽박지르는 통에 혼이 났다는 것이다.

'지령 좋아하네!'

차돌이는 데모를 하다가 총에 맞아 죽은 어린 중학생의 포켓에서도 무슨 '비밀지령서' 같은 게 나왔다고 우겨대는 따위의 상투적인 수법을 상기하며 뭉클했다.

동아대학교 부민캠퍼스 후문 쪽에 새마을운동으로 없어졌던 전차가 있다길래 가보았는데 가림막이 설치되어 있어서 제대로 볼 수 없었다. 동아대학교를 나오면 곧바로 이어지는 거리가 임시수도기념거리인데 당시의 모습을 떠오르게 하는 동상과 벽화 등으로 꾸며져 있었다.

임시수도기념거리를 따라 한국전쟁에 참여한 UN군 63개국의 국기가 박혀 있는 피란계단을 오르니 대한민국 임시수도기념관이 보였다. 부산이 임시수도가 되었을 때 이승만 대통령 관저로 이용된 곳이다. 이승만은 부산 경무대라 불리는 이곳에서 전쟁을 지휘하며 자신의 권력을 강화했다.

4·19혁명 이후 이승만의 동상들이 모두 철거되었는데 70년대 후반부터는 이승만의 연고지에서 다시 세워지기 시작했다. 임시수도기념거리를 조성할 때도 이승만 동상이 세워졌는데 두 달 뒤 누군가가 붉은색 페인트를 마구 뿌려서 결국 철거되고 말았다.

임시수도기념관에서 내려오는 계단에 피란을 떠나는 가족 동상이 보였다. 6·25전쟁으로 인해 피란민들이 부산으로 몰려들어 북새통을 이루었을 모습이 그려졌다.

수많은 생명을 죽이고, 어처구니없는 일들을 뿌리고 다닌 대한민국 초대 대통령의 욕심은 빨간 벽돌집에 갇혀 있었다. 특정한

임시수도 당시의 모습을 재현한 동상과 벽화
대한민국 임시수도기념관과 피란민 가족 동상

이념에 갇혀 그 이념을 죽을 때까지 바꾸려 하지 않는 사람들은 아직도 이승만의 동상을 세우려고 한다. 그들은 이승만을 밖으로 내보내려 하고 있지만 많은 사람들은 아직 그를 용서할 마음이 없는 듯했다.

공동묘지 위의 판잣집 아미동 비석문화마을

부산의 대표적인 산동네 감천문화마을은 구경 오는 사람들로 북적이지만 옆 동네 아미동은 무덤터라는 이미지 때문인지 볼 것 없다며 서둘러 내려간다.

산이 많고 평지가 별로 없는 부산은 산비탈을 따라 판잣집을 짓고 피란민촌을 형성했다. 일제강점기 때 불과 28만 명이었던 부산의 인구는 6·25전쟁으로 100만 명에 가까운 피란민들이 몰려들었다. 피란민들이 넘치자 일본인들의 공동묘지까지 올라간 사람들은 묘지의 비석을 가져다 주춧돌로 삼고 그 위에 미군들의 보급품 상자를 떼어서 판잣집을 짓고 살았다.

마을버스는 언덕을 가파르게 올라갔다. 버스에서 내려 오른쪽 길을 따라 가니 비석문화마을 지도가 보였다. 지도에 그려진 대로 골목 안으로 들어서자 동네가 떠나갈 듯한 음악소리가 들렸

비석문화마을 입구와 가파른 골목길

다. 무슨 잔치라도 벌어졌나 싶어서 좁은 골목을 따라 가보았더니 연탄불 위에 생선을 굽고 있는 중년 사내가 보였다.

골목은 한 사람만 겨우 다닐 수 있을 정도로 좁았는데 이 사내가 앉아 있는 곳은 그나마 골목에서 널찍한 편이었다. 연탄불 옆에 소주병이 반쯤 비워져 있고, 조그만 상 위에는 상추와 돼지고기가 차려져 있었다. 나보고 구운 조기를 좀 먹으라고 하기에 살점을 한 입 뜯어먹었는데 술김에 소금을 많이 뿌린 모양인지 짜서 먹을 수가 없었다. 비석이 어디 있냐고 물었더니 자기가 앉은 곳이 일본인 공동묘지 자리라고 하면서 비석을 세워놓았던 곳에 상추를 심었다고 자랑했다. 판잣집을 허물고 새로 집을 지으면서 시멘트를 덧발라 놓아서인지 비석이라는 느낌은 들지 않았다.

그에게 동네 가이드를 좀 해달라고 했더니 순순히 그러겠다고 하면서 벌려 놓았던 밥상과 술병을 근처에 있는 자기 집으로 갖

다놓았다. 길목을 거실처럼 쓰는 모양이었다. 방문만 열면 골목이 나오니 사생활은 없고 동네 사람들 모두가 한 가족처럼 지내는 듯했다.

무거운 내 가방도 그의 집에 잠시 맡겨두고 골목을 돌아보았다. 그는 한손에 든 앰프의 볼륨을 다시 높이고 앞서 나갔다. 조용한 동네를 시끄럽게 만드는 주범이지만 아무도 그를 말리지 않는 걸 보니 적막한 이곳에 활력을 주는 사람은 그밖에 없는 것 같았다.

일본인들의 무덤과 묘곽에 사용했던 돌들이 곳곳에 보였다. 좁은 골목은 무덤 사이의 거리였다. 산 자와 죽은 자가 동거하는 이곳에서는 가끔 죽은 일본인의 목소리도 들린다고 했다.

골목을 벗어나니 '구름이 쉬어가는 전망대'라는 글이 새겨진 곳에 동네 할머니들이 앉아 있었다. 부산 시내가 한눈에 내려다 보였다. 어디로 연결되었는지 모를 집들이 산복도로를 따라 구불구불 돌고 있었다. 6·25전쟁이 남겨놓은 시대의 길을 따라오는 동안 부산의 속살을 조금은 본 것 같았다.

피란의 장터 부산의 시장들

국제시장은 1945년 해방 후 일본인들이 본국으로 철수하기 전

마을에 남아 있는 비석의 흔적
전망대에서 내려다본 부산 전경

에 돈을 챙기기 위해 가재도구나 생활용품 등을 팔면서 생겨났다. 이후 한국전쟁으로 피란민들이 모여들어 장사를 하면서 급성장했다. 처음에는 '도떼기시장'으로 불렸다가 다시 자유시장이라는 이름이 생겼고, 미군의 군용 물자와 부산항으로 밀수된 온갖 국제적인 상품이 거래된다고 하여 국제시장으로 또다시 바뀌었다.

국제시장은 2014년에 개봉한 영화 〈국제시장〉 덕분에 관광객이 늘어났다. 영화 속 주인공 덕수는 1950년 한국전쟁 때 부산으로 피란을 와서 국제시장에서 가게를 운영하며 생계를 꾸려간다. 이 영화는 평생 단 한 번도 자신을 위해 살아본 적이 없는 한국 부모들의 마음을 울렸다. 시장 안에는 덕수의 가게 '꽃분이네'가 아직도 있었다. 내가 사진기를 들고 있어서인지 관광객 맞이에 익숙한 주인이 건너편에 포토존이 있다고 손짓을 했다.

판자로 지은 가게들이 다닥다닥 붙어 있다 보니 국제시장엔 불이 자주 났다. 1953년에는 대화재가 발생하여 시장이 완전히 무너져 내렸다. 하지만 굳센 상인들은 다시 일어나 상가를 재건했다. 상가재건준공비가 꽃분이네 가게 근처에 세워져 있다고 해서 찾아보았지만 잘 보이지 않았다. 마침 지나가던 상인에게 물었더니 상가 2층으로 올라가는 계단 근처를 가리켰다. 자세히 보니

국제시장 내 꽃분이네와 상가재건준공비

납작한 돌 하나가 세워져 있었다. 70년 가까이 이곳에 서서 시장 사람들의 흥망성쇠를 조용히 지켜봐온 증인이었다.

국제시장을 나오니 길 건너편에 부평깡통시장이 보였다. 피란민들이 미군부대에서 나오는 깡통 제품들을 내다팔기 시작하면서 깡통시장으로 불려온 이 시장은 2013년 전국 최초로 상설 야시장을 개장하여 밤에도 사람들을 불러 모으고 있다.

이곳에는 어묵 특화거리가 있다. 부산어묵이 유명하게 된 것은 바다가 가까워 어묵의 재료인 생선을 쉽게 구할 수 있었기 때문이다. 일본인들은 이곳에 어묵공장을 세웠는데 일본인이 떠나자 한국인이 뒤를 이어 공장을 짓고, 일본의 오뎅과는 다른 맛을 내며 부산어묵은 새로운 역사를 쓰기 시작했다.

먹거리가 즐비한 PIFF거리를 지나 부산의 근현대사를 고스란히 간직한 광복로로 나왔다. 해방과 한국전쟁을 거쳐 피란민들

부평깡통시장의 부산어묵과 부마항쟁기념조형물

이 몰려들면서 이곳에는 다방이 많았다. 당시의 다방은 문화예술인들의 문화공간이었다. 김동리의 단편소설 「밀다원시대」의 밀다원 다방 자리엔 화장품 가게가 들어서 있었다.

일제시대의 지식인들이 관부연락선을 타고 대한해협을 오가며 일본어로 번역된 서양철학과 문학을 공부하면서 부산은 일찍부터 인문학이 싹텄다. 6·25전쟁으로 부산으로 피란을 온 문인들은 밀다원 다방을 들락거리면서 전쟁으로 인한 상처를 문학으로 승화시켰다.

밀다원 다방을 자주 드나들던 경주 출신 김동리와 부산 토박이 김정한은 비슷한 시기에 등단을 했지만 두 사람은 전혀 다른 길을 걸어갔다. 김동리는 부산을 허무의 공간으로 삼았지만, 부산 토박이 김정한은 부산을 리얼리즘 문학의 공간으로 인식했다. 분단사회는 문단에도 순수 참여 논쟁을 낳았고, 결국 두 개로 나뉘고 말았다. 김동리는 남한 보수우익문단을 대표하는 한국문인협회 이사장을, 김정한은 한국작가회의의 전신인 민족문학작가회의 초대회장을 맡았다.

광복로 특별무대를 지나가다보니 부마항쟁(부산마산민주항쟁)이 있었던 곳임을 알리는 조형물이 있었다. 4·19혁명은 이승만의 하야를 이끌어내어 모두가 알고 있지만, 부마항쟁은 5·18 광주민주화운동의 큰 사건에 묻혀 주목받지 못하고 있다. 1979년 10월 16일부터 20일까지 나흘간의 부마항쟁은 부산대학교에서 시작되어 이곳까지 진출했고, 마산지역으로까지 확산된 유신체제 이후 최초의 대규모 민주항쟁이었다.

우리나라 민주운동의 역사를 한눈에 볼 수 있는 부산민주공원이 근처에 있었다. 부산시민의 힘으로 만들어진 부산민주공원은 긴 유신의 겨울을 보내고 민주화의 봄이 온 것처럼 봄이 되면 겹벚꽃으로 화사해진다.

영도대교 아래로 내려가니 보따리를 머리에 인 채 아이의 손을 잡고 피란을 떠나는 가족 동상이 보였다. 6·25전쟁으로 이곳에 온 피란민들은 인파에 밀려 가족의 손을 놓치는 경우가 많았다. 그래서 손을 놓치면 영도다리에서 만나자고 약속했다. 헤어졌던 사람들은 정말 영도다리에서 만났을까. 영도다리 아래에 점집이 많았던 걸 보면 그렇진 못했던 것 같다.

우리나라 최대의 수산물시장인 자갈치시장은 국제시장과 부평
깡통시장에서 자리를 잡지 못한 사람들이 부두 주변에 좌판을
깔기 시작하면서 형성되었다. 자갈이 넓게 깔려 해수욕을 하던
해변을 일제는 매립과 매축 공사로 수산물도매시장을 세워 경남
에서 생산되는 수산물을 장악하고 통제했다. 먹고살기 힘들었던
시절 생활전선에 뛰어든 아지매들은 바닷물처럼 짠 세월을 자갈
치시장에서 보냈다.

예나 지금이나 자갈치시장을 주도하는 건 아지매들이다. 꼼장
어와 고래고기를 팔던 포장마차들은 현대식 건물로 좌판을 들여
놓았지만, 생선을 파는 자갈치 아지매들은 갓 잡은 생선처럼 펄
떡펄떡 아직도 살아 있었다. 비릿한 생명의 펄떡임 속에서 억세
게 살아가는 자갈치 아지매의 "사이소" 소리를 들으니 처져 있던
몸에 활력이 붙었다.

영도대교 앞 피란민 가족 동상과 자갈치시장

자갈치 아지매와 소통하고 싶어서 생선에 물을 뿌리고 있는 아지매에게 경상도 사투리로 물었다.

"어디서부터 어디까지기 자길 시시장입니꺼?"

아지매는 장어 한 마리를 나무도마에 턱 올려놓으며 대답했다.

"이기 모두 자갈치 아이가!"

겉치레 말을 하지 않는 부산의 강한 사투리는 드세게 들린다. 하지만 그 투박한 말처럼 자갈치 아지매들은 피란수도 부산을 억척스럽게 키워왔다.

햇살이 부산 앞바다 위에서 반짝거리고 있었다. 거친 세상의 파도와 맞서 싸우며 자식들을 길러낸 부산의 어머니 자갈치 아지매의 구성진 목소리가 바닷물에 출렁거렸다.

4장

격변의 도시 서울 ~~~~~~~~~~~~~~~~~~~~~~~~~~~~~~~~~~

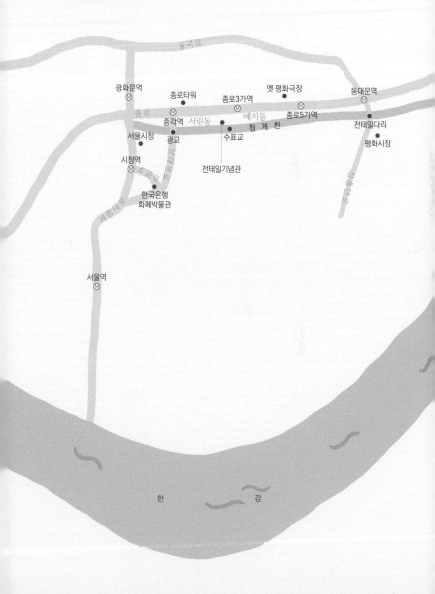

서울 여행지도

울곡로

광화문역　종로타워　　종로3가역　　　옛 평화극장　　　동대문역

종로　종각역　서린동　　예지동　　종로5가역

　　　광교　　　수표교　　청 계 천　　　　전태일다리

서울시청　　　　　　　　　　　　　　　　　　　평화시장

시청역

전태일기념관

소공로

세종대로

한국은행
화폐박물관

서울역

한　　　　강

①

도심 속 사람들

종로 사거리　　　　　청계천

📖 책 속의 책

박태원, 『소설가 구보씨의 일일』, 1934

박태원, 『천변풍경』, 1938

지식인의 고독 종로 사거리

> 그는 종로 거리를 바라보고 걷는다. 구보는 종로 네거리
> 에 아무런 사무도 갖지 않는다. 처음에 그가 아무렇게나
> 내어 놓았던 바른발이 공교롭게도 왼편으로 쏠렸기 때
> 문에 지나지 않는다. -『소설가 구보씨의 일일』 중

스물여섯 살 소설가 구보는 집에서 나와 청계천변 광교의 모퉁
이에서 갈 곳을 잃었다. 그는 잠시 멈추었다가 화신상회로 가기
위해 전차 선로를 횡단한다.

나도 고층아파트 베란다 밖을 기웃거리다가 옷을 주섬주섬 입
었다. 동장군이 물러갔을까. 세찬 바람에 옷깃을 아직 여밀 때지
만 봄은 어느새 내 마음에 들어와 앉아 있었다. 서울 한복판에
서 봄을 맞고 싶어서 집을 나섰다. "푸른 하늘을 바라봐줘요~"
노래가 가게에서 흘러나왔다. 지하철을 탈까 버스를 탈까 하다
가 발이 습관적으로 지하철 쪽으로 쏠렸기 때문에 눈앞에 보이
는 지하철을 탔다.

안전지대 위에, 사람들은 서서 전차를 기다린다. 그들에

게, 행복은 알 수 없다. 그러나 그들은 분명히, 갈 곳만
은 가지고 있었다.

전차가 왔다. 사람들은 내리고 또 탔다. 구보는 잠깐 머
엉하니 그곳에 서 있었다. 그러나 자기와 더불어 그곳에
있던 온갖 사람들은 모두 저 차에 오르는 것을 보았을
때, 그는 저 혼자 그곳에 남아 있는 것에, 외로움과 애달
픔을 맛본다. 구보는, 움직인 전차에 뛰어올랐다.

구보가 탔던 전차는 이제 없다. 1899년에 우리나라에도 전차
가 들어와서 서대문~종로~동대문~청량리 구간이 개통되었지
만 여전히 전차 삯이 없어서 수십 리 길을 걸어 다니는 사람들이
많았다. 그때는 내릴 때 전차 삯을 냈는데 아이들은 전차 문 옆
에 서 있다가 돈을 내는 척하며 잽싸게 달아나는 '째비타기'를
하기도 했다.

한국전쟁의 폐허 속에 누워 있던 서울은 몸을 일으키자마자 마
음이 급해졌는지 느리게 가는 전차를 걷어차 버리고 사람들을
지하로 내려보냈다. 그때 전차를 없애지 않았더라면 자동차의 매
연을 조금은 덜 마시고 유럽의 도시 같은 낭만을 누려볼 수도 있
지 않았을까.

종로는 서울 광화문 사거리에서 동대문까지의 길이다. 과거에는 보신각을 끼고 남대문로로 이어지는 이 길을 따라 시전(오늘날의 시장)이 길 양옆에 들어섰다. 사람과 물건들이 구름처럼 모였다가 흩어진다고 해서 조선시대에는 '운종가'라고 불렀다.

조선은 새로운 수도를 건설하면서 유교의 이념대로 '인의예지신'을 문 이름에 붙였다. 흥인문, 돈의문, 숭례문, 소지문 이렇게 4대문에 붙여 넣고 남는 글자인 '신'을 따서 사대문의 중심인 종로에 보신각이라는 이름을 붙였다. 지금은 제야의 종소리밖에 들을 수 없지만 옛날엔 밤 10시를 알리는 28번의 종소리가 울리면 거리를 나다닐 수 없었고, 새벽 4시를 알리는 33번의 종소리가 들리면 다시 거리로 나올 수 있었다.

젊은 내외가, 너덧 살 되어 보이는 아이를 데리고 그곳에 가 승강기를 기다리고 있었다. 이제 그들은 식당으로 가서 그들의 오찬을 즐길 것이다. 흘낏 구보를 본 그들 내외의 눈에는 자기네들의 행복을 자랑하고 싶어 하는 마음이 엿보였는지도 모른다. 구보는, 그들을 업신여겨 볼까 하다가, 문득 생각을 고쳐, 그들을 축복하여 주려 하였다.

무기력한 식민지 지식인 구보는 별생각 없이 눈에 보이는 화신상회 앞으로 왔다. 화신상회는 우리나라 최초의 백화점으로 엘리베이터가 너무 신기해서 당시 학생들이 일부러 견학을 오기도 했다. 1987년에 철거되고 지금은 그 자리에 종로타워가 들어서 있는데 세 개의 기둥이 비행접시를 떠받들고 있는 모양이 독특해서 종로를 지나가면 어디서나 눈에 띈다.

구보는 전차 안에서 맞선을 보았던 여자를 우연히 보게 되지만 말 한 번 건네지 못하고 헤어지고 만다. 일제시대에는 10대가 되면 결혼을 생각했다. 구보의 어머니는 아직까지 짝을 찾지 못한 구보를 걱정하고 있었다. 구보 역시 화신상회의 승강기 앞에서 단란한 가족을 보고 약간의 부러움을 느끼며 일본 유학시절에 알았던 여자를 떠올려 보기도 하지만 곧 어떤 여자를 아내로 삼아도 불행하게 될 것이라고 생각한다.

당시 여성은 아내와 어머니의 테두리를 벗어나지 못하는 이등국민이었다. 가부장의 굴레에서 벗어나지 못한 채 다시 식민지의 노예가 된 여성의 삶은 권력을 가진 남성에게 의존하거나 아예 맡겨버리는 경우가 대부분이었다. 사회운동에 적극적으로 참여한 여성조차도 가부장제는 쉽게 넘어설 수 없는 벽이었다. 모더니즘 지식인답게 구보는 사랑이 없는 틀에 짜인 결혼을 하고 싶

화신상회와 종로타워

지는 않은 것 같다.

구보는 고독을 느끼고, 사람들 있는 곳으로, 약동하는 무리들이 있는 곳으로, 가고 싶다 생각한다. 그는 눈앞에 경성역을 본다. 그곳에는 마땅히 인생이 있을 게다. 이 낡은 서울의 호흡과 또 감정이 있을 게다. 도회의 소설가는 모름지기 이 도회의 항구와 친하여야 한다. 그러나 물론 그러한 직업의식은 어떻든 좋았다. 다만 구보는 고독을 삼등 대합실 군중 속에 피할 수 있으면 그만이다.

그러나 오히려 고독은 그곳에 있었다. 구보가 한옆에 끼여 앉을 수도 없게끔 사람들은 그곳에 빽빽하게 모여 있어도, 그들의 누구에게서도 인간 본래의 온정을 찾을 수는 없었다.

조선은행(지금의 한국은행 화폐박물관) 앞에 있는 다방에 들른 구보는 차를 마시고 담배를 피우며 자신이 원하는 최대의 욕망은 대체 무엇일까 생각하다가 다시 다방을 나와서 경성부청 쪽으로 걸어간다.

일제는 500년 조선의 도시 라인을 단시간에 바꾸어 놓았다. 경복궁 앞을 가로막고 있던 조선총독부는 오랫동안 철거 논란이 있다가 일본이 비용을 지불해서 옮겨가겠다고 하자 김영삼 정부가 일본의 버릇을 고쳐야겠다며 폭파시켜버렸다. 경성부청은 서울시청으로 사용하다가 현재는 서울도서관으로 이용하고 있다.

구보는 한길 위에 서서 대한문을 바라본다. 나도 서울시청 앞 광장에 서서 길 건너에 있는 대한문을 바라보았다. 공간은 시간을 담고 있어 옛 건축물을 보면 그 시대로 돌아가는 것 같다. 덕수궁 안 석조전에서 생의 끝자락에 매달린 한 가닥 회한의 소리가 새어나왔다. 마지막 황제의 슬픈 옷자락이 봄바람에 마구 흔들렸다. 덕수궁 돌담길 옆으로는 젊음들이 그들만의 세상을 향해 걸어가고 있었다.

서울역 앞에는 눈에 초점이 없는 노숙자들이 길바닥에 몰려 앉아 시간을 팔고 있었다. 이들도 한때는 뜨거웠던 시절이 있었을 것이다. 구보는 도회의 항구 같은 서울에서 어디로 나가고 싶었을까. 차가운 바닥에서 희망을 줍는 이들 곁을 스쳐 나도 구보를 따라 서울역 안으로 들어갔다.

구보는 대합실 안에서 아이를 업은 젊은 아낙네가 복숭아를 바닥에 떨어뜨리는 것을 본다. 그 복숭아가 병자의 발밑으로 굴러

과거 조선은행과 경성부청, 서울역

가자 아낙은 떨어진 복숭아를 바로 포기해버린다. 구보는 그 병자에게서 자신과 같은 고독을 본다. 대합실 안에서 금광 브로커로 보이는 교양 없는 중학 동창을 우연히 만나 얼떨결에 차 한잔을 나눈 구보는 황금을 좇는 친구의 삶은 소설의 대상 이상의 것은 아니라는 것을 깨닫는다. 1930년대 일제는 금 생산을 적극적으로 장려해서 문인들조차 황금광 시대에 동참하는 황금 열풍이 일어났던 것이다.

　　구보는 그저 〈율리시스〉를 논하고 있는 벗을 깨닫고, 불쑥, 그야 제임스 조이스의 새로운 시험에는 경의를 표하여야 마땅할 게지. 그러나 그것이 새롭다는, 오직 그 점만 가지고 과중 평가를 할 까닭이야 없지. 그리고 벗이 그 말에 대하여, 항의를 하려 하였을 때, 구보는 의자에서 몸을 일으키어, 벗의 등을 치고, 자아 그만 나갑시다.

　구보는 다시 조선은행까지 걸어갔지만 집으로 돌아갈 마음이 없어 사회부 기자로 활동하는 벗을 불러낸다. 둘은 만나서 제임스 조이스의 화제작 『율리시스』에 대한 이야기를 나눈다. 주인공이 하루 동안 더블린 시내를 배회하면서 겪는 일을 다루고 있는

『율리시스』는 당시 우리나라 지식인들 사이에서도 화젯거리였던 모양이다.

『소설가 구보 씨의 일일』의 서술 형식을 보면『율리시스』의 영향을 받은 듯하다. 제임스 조이스는 술독에 빠지거나 기도만 하는 사람들로 가득찬 아일랜드 사람들을 참을 수 없었고, 그들의 이야기를 썼다가 나라 밖으로 밀려났다. 오랫동안 영국의 지배를 받으면서 살아온 아일랜드 사람들은 조이스가 죽고 나서야 그가 쓴 이야기를 읽기 시작했다. 어느 시대에나 다른 목소리를 내며 마비된 사람들을 일깨우는 작가들이 있었지만 곧바로 그들의 말이 소통되지는 못했다.

　이 시대에는 조그만 한 개의 다료를 경영하기도 수월치 않았다. 석 달 밀린 집세. 총총하던 별이 자취를 감추고 하늘이 흐렸다. 벗은 갑자기 휘파람을 분다. 가난한 소설가와, 가난한 시인과……. 어느 틈엔가 구보는 그렇게도 구차한 내 나라를 생각하고 마음이 어두웠다.

　여기서 말하는 시인은 그의 절친한 벗 이상이다. 비슷한 시기에 태어난 박태원과 이상은 19세기와 20세기 사이에 끼인 식민지 모던보이로 살았다. 손가락 세 개가 없는 아버지와 이름도 없는 어머니 밑에서 태어난 이상은 종로에서 2년간 기생 금홍이와 동기하면서 '세비다방'을 운영했다. 이곳은 문인들의 아지트가 되었다. 이상은 감옥 같은 이 삶에 날개가 있다는 것을 확인시켜 주고 싶었지만 일본에서 각혈로 몸을 버리고나서야 날고 싶은 꿈을 이루었다.

박태원은 월북 후, 이상의 연인이었고 친구 정인택의 아내였던 권영희와 재혼했다. 권영희는 박태원이 시력을 잃어서 『갑오농민전쟁』을 집필할 수 없게 되었을 때 그의 구술을 받아써서 완성시켰다.

시대와 어울리지 못한 길 위의 사람들은 특정 대상이 없어도 끝없이 무언가를 외치며 다닌다. 종로 사거리에는 고독을 사랑한 박태원의 우울이 여전히 섬의 안개처럼 낮게 깔려 있었다.

서민들의 삶터 청계천

창수는, 우선, 개천 속 빨래터로 눈을 주었다. 한 이십 명이나 모여든 빨래꾼들, 그들의 누구 하나 꺼리지 않고 제멋대로들 지절대는 소리와, 또 쉴 사이 없이 세차게

놀리는 방망이 소리가, 그의 귀에는 무던히나 상쾌하다.
그는 눈을 들어, 이번에는 빨래터 바로 윗천변의, 나무
장 간판이 서 있는 곳을 바라보았다. 그곳에는 윷을 놀
지 않는 젊은이들이, 철망 친 그 앞에 앉아서들 잡담을
하고, 더러는 몸들을 유난스러이 전후좌우로 놀려가며,
그것은 또 무슨 장난인지, 서로 주먹을 들어 때리는 시
늉을 한다. -『천변풍경』 중

창수는 청계천 다리 밑에서 모여 떠드는 아낙네들과 아무렇게
나 거적 위에서 뒹구는 거지조차도 서울이니 마냥 좋아 보였다.
"사람은 나면 서울로 보내고, 말은 나면 제주도로 보내라"는 말
대로 애꾸눈 창수 아버지는 자식 하나 사람 만들어보겠다고 가
평에서 열네 살 창수의 손을 잡고 내려와 청계천변 한약국 주인
집에 창수를 들여놓았던 것이다. 박태원의 장편소설 『천변풍경』
에는 1930년대 청계천의 풍경이 생생하게 담겨 있다.
조선이 건국되기 이전부터 서민들의 생활 터전이었던 청계천은
서울을 이루는 뼈대이며, 조선시대부터 북촌과 남촌을 나누는 기
준이 되었다. 북촌은 궁궐과 주요 관청이 있었고, 남촌은 가난한
사람들이 살았다. 일제는 조선 사람을 북촌에 살게 했고, 일본인

청계천의 과거와 현재

은 남촌에 살도록 분리시켰다. 그러다가 70년대 강남이 개발되면서부터 서울은 한강을 중심으로 강남과 강북으로 구분되었다.

> "그래, 내가 이쁜이 어머니헌테두 여러 번이나 권했지. 이쁜이두 곤반에다 넣으라구. 그럼 그년 팔자두 해롭지 않거니와 마누라두 딸의 덕을 볼 게 아니냐 말야? 헌대, 딸 기생에 넣으라는 걸, 이건 무슨 큰 욕이나 되는 줄 아는군그래. 이쁜이 어머니는, 내가 그 얘기만 꺼내면 아주 딱 질색이지. 그게 내 딸이 아니니까 맘대로 못허지. 그저 내 조카딸쯤만 돼두, 꼭 우겨서 곤반에 넣구 말지."

식민지 시절 청계천변에는 부청에서 허가를 받고 빨래터를 개장한 데가 여럿 있었다. 광교 아래 빨래터에서 제일 목소리가 큰 점룡이 어머니는 이쁜이 엄마에게 딸을 권번(일제강점기에 기생들이 기적을 두었던 조합)으로 보내라고 권한다. 시집살이로 고생하느니 기생이 되면 잘살 거라는 생각에서다.

일본은 조선의 관기를 폐지하고 일본식 권번을 도입해서 기생 사회의 미풍양속을 바꾸어버렸다. 그러자 가무에 능할 뿐만 아니라 사교계에 있어서도 당당한 위치를 차지했던 조선의 기생은 미천한 직업으로 인식되기 시작했다.

점룡이 어머니의 말대로 이쁜이는 전매국 직원한테 시집을 갔지만 신랑은 결혼한 후에도 기생을 쫓아다니며 바람을 피운다. 이쁜이는 결국 쫓겨나서 다시 엄마와 함께 살게 된다.

> 동경서 갓 나온 한약국 집 아들이, 역시 그해 봄에 '이화'를 나온 '신식 여자'와 '연애'를 한다는 소문은, 우선 빨래터에서 굉장하였고, 이를테면 완고하다 할 한약국 집 영감이, 이러한 젊은 사람들의 사이에 대하여, 어떠한 의견을 가질지는 의문이었으므로, 동리의 말 좋아하는 사람들은 제법 흥미를 가지고 하회를 기다렸던 것이나, 아들의 말을 들어보고, 한번 여자의 선을 보고 한 완고 영감이, 두말하지 않고 그들에게 선뜻 결혼을 허락해 준 것은, 참말, 뜻밖의 일이었다.

『소설가 구보 씨의 일일』의 구보가 꿈꾸었던 결혼은 마침내 한약국집 아들에게서 이루어진다. 박태원은 청계천변 수중박골 다옥정 7번지(지금의 한국관광공사 부근)에서 태어났다. 당시 부친은

공애당이라는 약국을 운영했는데 박태원은 1934년 한약국집 딸이었던 교사 김정애와 결혼했다.

하지만 민초들의 삶의 애환은 멈추질 않았다. 허구한 날 두들겨 패는 남편을 피해 서울로 도망와 한약국집에 드난살이를 하는 만돌 어멈은 남편 없는 여자는 남의 집에 들어가지도 못하던 때라 찾아온 남편을 받아들인다. 제 버릇 남 못 준다고 남편은 서울에서도 여자를 만나러 들락거리고 폭력을 일삼는다. 그러자 만돌 어멈은 또다시 남편을 버리고 떠난다.

소년은 눈을 돌려, 두 집 걸러 신전 편을 바라보았다. 이월이라, 물론 파리야 있을 턱이 없는 일이지만, 이를테면, 저러한 것을 가리켜 '파리만 날리고 있다'—그렇게 말하는 것일 게다. 아까부터 보아야 누구 하나 찾아들지 않는 쓸쓸한 점방에 머리 박박 깎은 큰아들이 신문만 뒤적거리고 있었다.

한약국집 건너편 이발소에서 이발 기술을 배우는 재봉이는 유리창을 통해 천변 사람들의 일상을 구경하는 게 낙이다.

한약국집 옆에는 신전(신발가게)이 있다. 고무신이 등장하기 전

광교와 수표교

에는 남자는 가죽신, 여자는 비단신을 신었다. 비오는 날에는 가죽신 밑창에 징을 박은 징신을, 마른 날에는 마른신을 신었다. 징신과 마른신을 팔던 신전은 고무신의 등장으로 가세가 기울어서 지방으로 이사를 가고 술집으로 바뀐다.

> 세월이 없기로는 이름이 나서, 근근 수년 동안에 여러 차례나 주인이 갈린 '평화' 카페이기는 하였다. 그래도 이 밤에 그곳에는 대여섯 패의 손님들이 있었고, 또 그들은 전부가 '신사'라든가 그러한 사람이 아니었으므로, 그 소란하고 또 난잡한 것으로만 가지고 말한다면, 어느 아무 곳에 비겨서도 지지 않을 만큼, 제법 활기 있어 보이는 것이다.

신전 옆 광교 모퉁이에 있는 평화 카페에는 여급(여자 급사)을 잘 돌보는 기미코와 여급 중에서 가장 인기가 좋은 하나코가 일한다. 두 사람은 수표교 근처 수표정에서 식모 금순이와 같이 살았다. 그러다 하나코는 단골인 최씨와 결혼을 하지만 고된 시집살이를 벗어나지 못한다.

금순이는 15세에 시집을 가자마자 남편이 하루아침에 서울로 일하러 가버리는 바람에 친정집으로 쫓겨왔다. 두 번째로 결혼한 남자는 그녀보다 두 살이나 어렸는데 한 방 쓰는 깃을 거부하다가 2년 뒤 몸이 허약해서 죽어버렸다. 그러자 시아버지가 음흉한 눈으로 보기 시작했고, 그것을 본 시어머니가 히스테리를 부려 금순이는 참다못해 시댁에서 몰래 도망쳐 나오다가 도박을 하는 난봉꾼을 만나 서울로 오게 되었다. 꼼짝없이 술집이나 기생집에 팔릴 위기였는데 기미코가 나서서 구해줘서 수표정에서 함께 살게 된 것이다.

숙종이 장희빈을 만난 수표교에 앉아 보았다. 한 중년 남자가 다리 끝에서 청계천 물 속을 들여다보고 있었다. 청계천에서 빨래하던 아낙들, 다방골 기생들, 거지들의 모습이 물결 위에 나타났다가 사라졌다. 수표교에 걸터앉아 새로운 사회를 모색하던 연암 박지원과 그의 벗들도 아른거렸다.

향기 없는 꽃이 아름다운 꽃일 수 없듯이, 향기 없는 삶 또한 온전한 삶이 아니라는 생각이 들었다.

2

빌딩의 그늘

엣 평화극장   종로3가   전태일다리

📖 책 속의 책

박태순, 「무너진 극장」, 1972
이호철, 「서울은 만원이다」, 1966
조영래, 「전태일 평전」, 1983

무너진 주먹 옛 평화극장

> 1960년대에 접어들자마자 일어났던 4·19사태에 대하
> 여 갖는 정직한 느낌은 과연 무엇이었을까? 우리는 그
> 것을 알지 못했다. 때는 바야흐로 비상시국이었으며, 일
> 차 모든 기성의 질서들이 무시되는 혼란의 시기였다.
>
> -「무너진 극장」 중

지금으로부터 60년 전인 1960년 경자년에 4·19혁명이 일어났
다. 혁명 후 한 갑자가 지난 지금 서울은 어디에 와 있는 걸까.

박태순의 단편소설 「무너진 극장」은 4·19혁명이 끝나고 이승
만 정권이 무너지기 전날의 일을 한 대학생의 눈으로 보여 주고
있다. 그날은 20세기 한국의 가장 긴 하루였을 것이다. 박태순은
당시 서울대 문리대 영문과 신입생으로 4·19혁명을 직접 겪었다.

이승만은 12년 장기집권이 부족했는지 1960년 3월 15일 부정
선거로 다시 정권을 잡았다. 그러자 선거무효를 주장하는 학생들의
목소리가 전국에서 메아리치고 정권 반대 시위가 그치질 않았다.

4월 18일 고려대생들이 시위를 마치고 평화행진을 하며 학교
로 돌아가는 길에 종로4가 천일백화점(지금의 광장시장 근처) 앞에

서 갑자기 나타난 정치깡패들에게 각목과 쇠갈고리 등으로 집단 폭행을 당했다. 학생들은 쓰러지고 아수라장이 되었다.

고대생들이 피습당했던 장소로 가보았다. 천일백화점 자리엔 당시의 흔적은 아무것도 남아 있지 않고, '천일'이라는 이름이 들어간 빛바랜 간판만 걸려 있었다.

시계 장인은 역사의 시계를 고쳐 놓을 수 있을까 생각하다가 길 건너편 50년 넘게 한 자리를 지켜오고 있는 예지동 시계골목으로 들어가보았다. 문을 닫은 점포가 많아 을씨년스러웠다. 한때 문명의 도구였고 사회적 지위이기도 했던 손목시계는 이제 액세서리가 되어버린 탓이었다. 재개발의 바람은 종로의 중심부인 이곳도 비껴가진 않았다. 고장난 시계를 이곳에서 못 고치면 세계 어느 곳에서도 고칠 수 없다고 자부하던 시계 장인들도 아날로그의 쇠락을 거스를 순 없었던 모양이었다.

마음의 시계를 거꾸로 돌려 역사에게 새로운 질문을 던져보았다. 어떤 질문을 던지는가에 따라 돌아오는 대답은 저마다 다를 것 같았다. 지금의 생각이 과거 일어난 일을 다르게 해석할 수도 있기 때문이다.

고대생 피습사건은 4·19혁명의 불씨를 당겼다. 1960년 4월 19일 서울대 학생들은 교문을 나섰고, 서울 시내 대부분의 대학생,

고대생 피습 현장과 예지동 시계골목

시민들, 심지어 중학생들까지 거리로 나왔다. 시위대가 세종로와
태평로 일대를 가득 메웠다.

서울대 학생들은 국회의사당을 점거했고, 동국대 학생들은 경
무대 쪽으로 향했다. 그러자 경찰은 시위대를 향해 무차별 발
포를 하기 시작했다. 이 사실을 기억하기 위해 최근 서울시는
'4·19 최초 발포 현장, 경찰 발포로 시민·학생 1백여 명이 쓰러진
자리'라는 문구가 새겨진 삼각형 모양의 동판을 청와대 분수대
광장 주변 바닥에 심어 놓았다.

조준 사격에 분노한 학생들이 이기붕 국회의장 자택을 점거하
고 서울운동장에서까지 시위를 벌이자 정부는 오후 3시 긴급 계
엄령을 선포했다. 4·19 시위는 지방으로도 번져갔고, 이날 시위
로 많은 사상자가 생겼다.

우리는 평길이의 무덤을 찾아내느라고 애를 먹었다. 한 시간 이상이나 헤매서야 간신히 찾아낼 수 있었다. 하지만 평길이의 무덤은, 설사 그것이 평길이의 무덤이라는 것을 인식한다 할지라도, 평길이와는 관련이 없을 것처럼 보였다. 우리는 죽어버린 친구가 결국은 그 시체를 남기지 않았다는 느낌을 받았다.

시위는 소강상태에 접어들었고, 엿새째 되는 4월 25일 주인공은 친구들과 만나 시위 도중 죽은 친구 평길이가 묻힌 망우리 공동묘지로 간다. 작가는 평길이의 죽음을 통해 4·19 시위가 헛된 것은 아닌지 되묻고 있다.

중상을 입은 친구의 병문안을 갔다 오는 도중에 주인공은 서울대 문리대에서 "4·19로 쓰러진 학생의 피에 보답하라"며 플래카드를 들고 있는 대학교수단을 보게 된다.

4월 25일 오후 대학교수단은 시국선언문을 발표하고 종로, 을지로입구, 미국대사관을 거쳐 국회의사당 앞까지 행진을 했다. 이를 지지한 시민과 학생들은 통금 사이렌이 울렸지만 철야 시위를 강행했다.

임화수의 평화극장을 때려 부숴라. 사람들은 평화극장을 향하여 맹렬한 속도로 달려가고 있었다. 사람들은 뛰었다. 시슬에서부터 풀려나온 짐승처럼 으르렁거리며 아무런 제지도 받지 않고 달려가는 것이었다. 평화극장이 어둠 속에 나타났다. 사람들은 주변을 감쌌다. 구호를 복창하고, 알아먹을 수 없는 비명을 지르고, 어이쌰 어이쌰 소리를 뱉어냈다.

4월 25일 밤 사람들은 부정부패의 상징 중 하나인 임화수를 끌어내리려고 평화극장으로 밀려들어왔다. 흥분한 군중은 스크린을 찢고, 의자를 부수고, 무서움 속에서 불을 질렀다. 불이 난 것을 본 동네사람들은 달려와 시위대를 말렸고, 한편에서는 극장 안에 있는 물건들을 훔치고 있었다.

임화수는 반공청년단 소속 청년들에게 고대생 피습을 지시한 깡패였다. 반공청년단은 이승만의 대통령 4선 연임을 위해 만들어진 조직이었는데 임화수는 종로구단장이었다.

정치깡패 집단으로 알려진 동대문 주먹사단 안에서도 독특한 인물이었던 임화수는 미나도 극장 소매치기로 출발하여 정치권력과 결탁한 이정재 동대문 주먹사단의 일원이 되었다. 임화수는 해방 후 적산불하된 미나도 극장을 싼값에 인수해서 극장 이름을 평화극장으로 바꾸고 본격적으로 영화산업에 뛰어들었다. 이때부터 그는 동대문 주먹사단의 위세를 이용해 극장과 연기자들을 마음대로 주무르며 영화계의 제왕으로 군림했다.

임화수는 배우들이 스케줄이 바쁘다고 하면 구타를 해서 영화에 출연시켰다. 그의 뒤를 봐주던 경무대 경호책임자 곽영주는 이승만의 총애를 받던 인물인데 그가 다리를 놓아주어 임화수는 이승만을 만나게 되었다. 이승만을 만난 임화수는 눈물을 흘리며 그를 아버지로 불렀다는데 그 빼어난 연기는 동석한 연기자들조차 놀랄 정도였다고 한다. 이승만의 환심을 산 임화수의 기세는 하늘로 치솟았다. 임화수는 연예인들을 정치 행사에 동원시켰고, '반공예술인단'을 만들어 이승만의 4선을 위해 3·15 부정선거에도 개입했다.

종로4가에 있는 한일빌딩은 임화수가 경영하던 평화극장이 있었던 곳이다. 하지만 세월은 극장의 흔적을 말끔히 지워버렸다.

시위대에 합류한 소설의 주인공 역시 내재된 인간의 파괴 본성을 이기지 못하고 극장을 부수다가 곧 의식의 혼란을 겪는다. 계엄군이 극장 안으로 들어오자 발각될 것이라는 두려움에 긴 밤을 극장에서 웅크린 채 지낸다. 기존 질서를 무너뜨려도 새로운

군중에 의한 옛 평화극장 파괴 현장과
옛 평화극장 자리에 세워진 한일빌딩

의미를 만들어내지 못한다면 혁명은 성공한 것이 아닐 거라는 불안감이 엄습해 온 것이다.

원시적이고 본능적인 무질서에로의 해방 상태. 이런 본능이야말로 최루탄을 맞으면서도 애써 진행시켜갔고 대열을 만들어갔던 데모의 다른 한쪽 면이 아니겠는가? 그러니까 데모의 바깥쪽에는 법률적인 것, 도덕적인 것, 심지어는 신화적인 것이 이를 지켜주고 있을 것이나, 데모의 그 안쪽에는 이런 도취, 이런 공동 무의식이 잠재되어 있을 것이었다. 오류에 빠진 질서를 파괴하여, 인간을 속박시키던 것들을 풀어버리고, 구차한 사회생활의 규범과 말 못할 슬픔과 부정부패에 대한 울분을 훌훌 떨구어버리고 나서, 하나의 당돌한 무질서상태를 만드는 것이었다.

다음 날 오전 10시 20분경, 이승만의 하야 성명이 라디오를 통해 울려나왔다. 4·19 시위는 이승만 하야의 결정적 계기가 되었고, 연예계의 대통령이라 불리던 임화수의 몰락을 가져왔다. 자연히 동대문 주먹사단은 3·15부정선거에 깊숙이 개입한 죄와

4·18 고대생 피습사건의 주범으로 구속되었다.

그 와중에 5·16군사쿠데타가 일어났다. 구속되어 있던 정치깡패들은 자신들이 곧 석방될 것으로 믿었지만 결과는 정반대였다. 이들에 대한 국민의 적대감이 높았기 때문에 군사정부는 단체적 폭력행위를 처벌하는 법까지 만들었고, 그 법에 의해 동대문 주먹사단의 핵심인물이었던 이정재, 임화수, 유지광은 모두 사형 판결을 받았다. 임화수와 이정재는 형장의 이슬로 사라졌고, 사실을 그대로 진술하며 담담히 취조에 임했던 유지광은 감형을 받았다. 혁명의 바람에 흔들려 주인을 잃은 평화극장은 쇠락해가다가 1977년에 없어졌다.

일제강점기부터 권력자들은 정권 유지를 위해 주먹을 이용해왔다. 자유당과 정치깡패의 유착도 그 연장선상에 있었다. 특혜의 대가로 수십억 원의 뇌물을 받아먹는 권력과 주먹으로 이권에 개입하는 깡패, 어떤 것이 더 큰 범죄일까.

종삼의 흔적 종로3가

가는 곳마다, 이르는 곳마다 꽉꽉 차 있다. 집은 교외에 자꾸어 늘어서지만 연년이 자꾸 모자란다. 일자리는 없

고, 사람들은 입만 까지고 약아지고, 당국은 욕 사발이
나 먹으며 낑낑거리고, 신문들은 고래고래 헛소리만 지
른다.

거리에는 사철 차들이 붐비고 여관, 다방, 음식점, 술집,
극장, 당구장, 바둑집이 우글우글하다. 입으로는 못살
겠다고 저저끔 아우성인데, 다방도 음식점도, 바둑집도,
당구장도, 삼류극장도 늘어만 가고 있다.

대관절 서울의 이 수다한 사람들은 모두가 무엇들을 해
먹고사는 것일까. -『서울은 만원이다』중

　이호철의 장편소설 『서울은 만원이다』가 쓰여진 1966년 서울
은 제목 그대로 만원이었다. 많은 사람이 희망과 자유를 찾아 서
울에 왔지만 그들이 원했던 삶은 없었다. 도시빈민이 많았고 이들
에게 경제개발의 혜택은 너무나 멀리 있었다. 그들은 무허가로 지
은 판잣집과 천막에서 공동화장실을 쓰며 하루하루를 살아갔다.

　종로3가역의 높은 빌딩 뒤쪽 비좁은 골목에 있는 쪽방촌은 과
거 사창가의 흔적을 엿볼 수 있는 곳이라고 해서 들어가 보았다.
지금은 오갈 데 없는 사람들을 위한 값싼 숙박시설로 사용되고
있었다. 4평 정도밖에 되지 않은 집들이 다닥다닥 붙어 있었고

그 사이에 공동화장실이 보였다. 방 크기가 1평도 되지 않아 성인 한 명이 겨우 누울 수 있는 정도였다. 서울의 중심부에 아직도 이런 곳이 있다는 사실이 놀라웠다. 1층에 있는 주인에게 하룻밤 숙박료를 물었더니 6천 원이라고 했다. 이곳에서도 살지 못하는 사람이 다음으로 가야 할 곳은 거리의 차가운 바닥일 것만 같았다. 서울역 지하도에 있는 노숙자들이 생각났다. 자연은 항상 가벼운 것과 무거운 것의 균형을 유지하는데 인간은 어느 한쪽으로 기울어지지 않는 삶을 만들기가 이토록 어려운 것일까.

『서울은 만원이다』의 주인공 길녀도 도시빈민이다. 통영에서 무작정 상경해 일식집, 다방에서 일하다가 월부책 장사를 하는 기상현에게 몸을 버린 길녀는 서린동에서 남자를 받는 직업여성으로 살아간다. 당시의 세태를 잘 반영하여 인기를 끌었던 이 소설은 당시 대학생 사이에서 '길녀촌'이라는 유행어를 낳기도 했다.

미군정에 의해 공창제도가 폐지되면서 매춘업이 금지되자 종로 3가에 '종삼'이 생겨났다. '종삼'은 종로3가라는 지명이 아니라 사창가를 가리키는 용어로 쓰였다. 6·25전쟁 이후 정부가 서울로 환도했을 때는 그 규모가 엄청나게 커져 있었다. 피란지에서 굶주려야 했던 여성들에게 있어서 매춘은 가장 손쉬운 생계수단이었다. 대부분의 집창(사창의 집단화)은 역전, 기지촌, 일제강점기의 유곽이 있던 자리에 주로 있었는데 종삼은 신기하게도 서울의 중심에서 생겨나서 1960년 중반에는 종로5가로까지 뻗어나갔다. 실제로 당시 서울에서 살았던 거의 대부분의 사람들은 종삼을 알았고, 종삼을 갔다 오지 않은 남자들은 거의 없을 정도라고 한다.

낯모를 남자의 명함 뒤에 적힌 미경이 주소를 들고, 그렇고 그런 골목으로 들어서자, 벌써 시큼털털한 냄새가 코를 찌르고, 집집마다 문간 앞에 누렇게 뜬 얼굴로 속옷 바람의 여자들이 나앉아 있었다.
길녀는 자기 비위로는 죽으면 죽었지 이리로는 못 올 것 같다는 생각을 하였다.

길녀의 친구 미경은 처음에는 방을 얻어 남자를 받다가 종삼에서 윤락녀의 길로 들어선다. 길녀는 미경과는 다른 삶을 살려는 의지를 가졌지만 가치도 기준도 없이 흔들리는 사회 속에서 표류한다.

서당개 삼 년이면 풍월 읊는다는 말이 있듯이, 실업계에

종로3가의 쪽방촌

서 십년 굴러다니면 구석구석이 환해진다. 쓸데없이 통은 커지고, 웬만한 돈은 돈 같지 않고, 되는 놈이나 안되는 놈이나 따지고 보면 그놈이 그놈이어서 종이 한 장 차이로 되고 안 되고 한다는 것을 알게 된다.

　허튼소리를 일삼는 남동표의 뻥에 사람들은 잘도 속아 넘어간다. 남동표는 십여 년 동안 서울을 떠돌면서 세상 돌아가는 것을 보고 나름의 처세술을 배운 것이다. 길녀는 고속도로처럼 잘나가는 정치인이나 실속 없는 껍데기뿐인 지식인들보다 그들의 위선을 이용하며 사는 남동표에게서 오히려 인간적 매력을 느낀다.
　좁은 골목길을 따라 한옥들이 빼곡히 들어차서 한 번 들어가면 길을 헤매기 일쑤였던 종삼을 단속하기 위해 정부는 애를 썼다. '불도저 시장'으로 불리던 당시 김현옥 서울시장은 종삼을 소탕하기 위해 '나비작전'을 펼쳤다. 꽃에 대한 조치는 별로 효과가 없으니 나비들을 족쳐야 한다고 생각한 것이었다. 공무원들은 종삼의 골목 입구에 100촉짜리 전등을 달아놓고 들어오는 손님들의 신상을 캐물었다. 1968년 이 조치가 시행된 지 채 일주일도 되지 않아 손님이 완전히 끊겼다.
　종삼의 윤락녀들은 갑작스런 이 조치에 일을 그만두지 못하고 미아리 텍사스나 청량리588 같은 작은 곳으로 옮겨갔다. 나비는 날아갔어도 꽃은 새로운 땅에 옮겨져야 생명을 유지할 수 있기 때문이었나.

배고프고 미래가 없는 농촌 사람들에게 수도 서울은 선망의 대상이었다. 하지만 길녀의 마음을 채워주는 것은 서울 어디에도 없었다. 미경이가 종삼에서 병을 얻어 죽자 길녀는 이놈의 서울 못살 데라며 시골로 내려간다.

54년 전 서울은 만원이었다. 인구가 감소하고 있는 지금도 서울은 여전히 만원이다.

불꽃이 된 청년 전태일다리

여러분, 오늘날 여러분께서 안정된 기반 위에서 경제번영을 이룬 것이 과연 어떤 층의 공로가 가장 컸다고 생각하십니까? 물론 여러분이 애써 이루신 상업기술의 결과라고 생각하시겠습니다만 여기에는 숨은 희생이 있다는 것을 명심하셔야 합니다. -『전태일 평전』중

청계천 수표교 건너에 6층짜리 빨간 석조 건물이 햇살에 반짝

이고 있었다. 전태일기념관 건물 전면에는 전태일이 여공들의 열악한 근로조건을 개선해달라며 근로감독관에게 쓴 자필 진정서가 새겨져 있었다.

전태일이 불꽃으로 사라진 지 올해로 50주년이 된다. 조영래가 살아 있다면 이 기념관을 보고 무슨 말을 할까. 아마 이런 말을 하지 않을까.

"작으면서도 아름답고, 평범하면서도 위대한 건물이 얼마든지 있듯이 인생도 그런 것이다."

이 결단을 두고 얼마나 오랜 시간을 망설이고 괴로워했던가? 지금 이 시간 완전에 가까운 결단을 내렸다. 나는 돌아가야 한다. 꼭 돌아가야 한다. 불쌍한 내 형제의 곁으로 내 마음의 고향으로 내 이상의 전부인 평화시장의 어린 동심 곁으로.

1970년 11월 13일 평화시장 재단사였던 스물두 살 전태일은 평화시장에서 근로기준법 준수를 외치며 근로기준법 책을 불태우고 자신의 몸도 불살랐다.

그가 분신했던 다리 위에는 짐을 나르기 위한 오토바이들이 줄

전태일기념관
평화시장 앞 전태일다리
다리 위의 전태일 동상과 다리에 새겨진 동판

지어 서 있었다. 이 다리는 전태일다리와 버들다리라는 두 이름을 갖고 있다. 버들다리라고 한 것은 옛 청계천에 버드나무가 많았기 때문이다.

젊은 노동자들은 다리 난간에 몸을 의지한 채 청계천을 바라보며 담배를 피우고 있었다. 전태일은 다리 한가운데서 왼손은 땅을 짚고 오른쪽 손바닥은 하늘을 향한 채 평화시장을 바라보고 있었다. 천지인. 하늘과 땅을 운용하는 인간의 존엄을 상징하는 동작이다.

동상을 만든 임옥상 화가는 전태일을 시장 사람들 속에 섞이게 했다. 이곳에서 일하는 사람들은 하루에도 몇 번씩 전태일 동상을 지나간다. 동상 주변 바닥에는 사람들의 소망이 담긴 동판 4천여 장이 깔려 있었다. 지나가는 사람들은 이 글씨를 밟고 지나갔다. 임옥상 화가의 의도는 전태일을 일상에서 만나게 하고, 발길로 갈고 닦아서 빛나게 하는 것이었는데 전태일의 정신은 계승되고 있는 걸까.

"내 죽음을 헛되이 말라"고 외치며 떠난 전태일은 어머니 이소선에게 평생의 숙제를 내주었다. 전태일의 죽음은 어머니를 투사로 만들었다. 전태일의 삶은 어머니에게로 이어졌고, 어머니는 인권변호사 조영래의 삶에 연결되었다. "대학생 친구가 하나 있으면 원이 없겠다"는 전태일의 소원을 하늘은 들었던 것일까. 살아생전 만난 적 없는 두 사람은 서로 너무나도 닮아 있었다.

암울했던 시내 선태일이 몸에 불을 붙이고 앞을 향해 달려 나갔을 때에야 노동자들은 무엇 때문에 그런 일이 일어났는지 알게 되었고, 노동문제에 무관심했던 기자들도 취재를 하기 시작했다. 전태일의 분신으로 평화시장의 어둠이 드러난 것이다.

하지만 시간이 가고 그 불꽃은 시들어 갔다. 그때 꺼져가는 전태일의 불씨를 다시 살려내기 위해 조영래가 나타났다. 서울대를 수석으로 입학하고 미래가 보장된 법대생이었던 그에게 전태일의 분신은 법이란 무엇인가를 생각하게 만든 사건이었다. 아니 어쩌면 그들은 운명적으로 연결되어 있었는지도 모른다.

조영래는 전태일을 다시 살려내는 일이 마치 자신의 사명인 것처럼 여겼다. 전태일의 일기를 들여다보고 어머니 이소선을 자주 만났으며 평화시장을 찾아가 어린 여공들과 이야기를 나누기도 했다. 조영래는 전태일이 휴머니즘을 실천하려고 했던 사람이라는 것을 알았다.

복사기까지 감시했던 시대라 『전태일 평전』은 일본에서 먼저 출간되었다. 그러다가 1983년 문익환 목사의 주도 하에 '어느 청년노동자의 삶과 죽음'이라는 제목으로 국내에서 다시 출판

되었다. 예상대로 정부는 바로 판매금지 조치를 내렸지만 출간된 책은 평화시장뿐만 아니라 많은 노동자와 학생에게 읽혀졌다. 1990년 조영래가 43세의 나이에 폐암으로 세상을 떠난 며칠 뒤에야 비로소 조영래의 이름으로 책이 나오게 되었다.

조영래는 길거리로 나앉은 사람들과 달동네 주민들을 위해 변호를 맡는 인권변호사로도 충실한 역할을 했다. 노동운동을 위해 위장취업을 했다가 경찰에 붙잡혀 성고문을 당한 여대생 권인숙의 변호를 맡아 3년간 지속된 항고와 재조사를 통해 석방시킨 이 사건은 당시 큰 사회적 반향을 일으켰다. 전태일이 노동현장에서 그러했듯 조영래는 법의 현장에서 죽을 때까지 진실을 찾아다녔다.

전태일 다리를 지나 평화시장을 둘러보았다. 지금은 잘 정비되어 있지만 당시의 평화시장은 1.5m 높이, 8평 정도 되는 작업장에 재봉틀이 꽉 들어차고 그 사이에 어린 시다들이 끼어 앉아 일을 했다. 침침하고 먼지 자욱한 복도를 걸어가는 소녀들이 눈앞에서 아른거렸다. 그녀들은 하루 종일 재봉틀 돌아가는 소리에 귀가 먹먹했고 화장실 가는 것도 눈치를 보아야 했다. 밤새 일하기 위해 잠 안 오는 약을 먹어 위장병을 달고 살았다. 폐렴에 걸리면 강제해고를 당했기에 피를 토해도 쉬어야겠다는 말을 할

평화시장의 과거와 현재

수 없었다.

'사회가 필요로 하는 사람'이란 물론 사회의 모든 구성원들의 참된 인간적 필요를 충족시키기 위해 공헌하고 봉사하는 사람을 뜻하는 말이 아니다. 회사원의 경우는 사장이 필요로 하는 사람이 곧 그것이다. 노동자의 경우는 기업주가 필요로 하는 일 잘하고 말 잘 듣고 부지런한 사람이 바로 그 '사회가 필요로 하는 사람'이다.

전태일은 어린 여공들이 아프면 약방에 데려가고, 풀빵을 사주느라 차비가 없어 청계천에서 도봉산 기슭에 위치한 집까지 거의 매일 걸어 다녔다. 업주는 그런 전태일을 곱게 보지 않고 해고시켰다. 업주에게는 그저 시키는 대로 묵묵히 일만 하는 종업원이 가장 좋은 사람이었던 것이다. 거리를 전전하던 전태일이 재단사가 되기로 결심한 것도 어린 시다들을 돕기 위한 것이었는데 업주는 그것마저도 못하게 막았다. 찍소리 못하고 살아온 자신이 너무나도 바보 같다고 생각한 전태일은 자신과 같은 바보들의 인간다운 삶을 보장받기 위해 '바보회'를 조직하고 노동운동을 시작했다.

목숨을 걸고 노동운동을 한 것은 전태일이 처음이었다. 식민지와 전쟁을 겪은 사람들에게 지배자들은 노동운동을 빨갱이의 짓으로 신전했기에 노동문제 앞에선 지식인들은 물론이고 노동자들조차도 침묵했던 것이다.

전태일의 분신 이후 노동자들의 열악한 상황이 사람들에게 알려졌고, 노동시간은 연간 1,000시간이나 줄어들었다. 그렇게 되기까지 전태일은 박정희 대통령과 근로감독관, 친구들에게 수백통의 편지를 썼다.

그대들이 아는, 그대들의 전체의 일부인 나.
힘에 겨워 힘에 겨워 굴리다 다 못 굴린, 그리고 또 굴려야 할 덩이를 나의 나인 그대들에게 맡긴 채 잠시 다니러 간다네. 잠시 쉬러 간다네.

–전태일의 마지막 편지 중

5장

어둠 속의 빛 **광주** 〰〰〰〰〰〰〰〰〰〰〰〰〰

수곡동

망월공원묘지 ●

5·18민주묘지 ●

운정동

호남고속

전남대 ●

광주역 ●

월곡동

고려인마을

영산강

광주천

중앙동

성무대로

금남로5가역 Ⓜ

광주제일고 ············

5·18기록관 ●

전일빌딩245 ············ ●

문화전당역 Ⓜ ●

충장동

조아라기념관 ············

옛전남도청 ●

양림교 ●

양림동

수피아여고 ●

제2순환도로

광주 여행지도

유랑민의 애환

~~~~~~~~~~~~~●~~~~~~~~~~~~

고려인마을

📖 **책 속의 책**

조정래, 『아리랑』, 1995

독립운동가의 후손 광주 고려인마을

<서울스카야>라고도 하는 그 길은 산비탈을 따라 내려
가며 해변으로 맞뚫려 있었다. 신한촌의 7개의 큰길 중
에서 그 길만이 유일하게 <서울>이라는 조선말이 붙어
있었다. 그건 조선사람들의 집단촌이기 때문에 러시아
관청에서도 어쩔 수 없이 그 명칭을 허용한 것이었다.
나머지 길들은 모두 러시아의 지명을 따서 붙인 이름이
었다. -『아리랑』중

일제강점기 우리 민족의 삶을 기록한 조정래 대하소설 『아리
랑』 속에는 '카레이스키'라고 불리는 고려인들의 가슴 아픈 이
야기가 들어 있다. 당시 민중들은 생존을 위해 만주와 블라디보
스토크, 하와이 등으로 옮겨 살아야 했다.

블라디보스토크는 러시아 연해주 지역의 중심도시로 한국과
가깝고 교통이 편리해서 항일운동의 집결지가 되었다. 블라디보
스토크 신한촌에는 한때 1만여 명의 고려인들과 독립영웅들이
있었다.

독립군들이 어쩔 수 없이 조선사람들 마을에 머무는 것은 큰 폐를 끼치는 일이었다. 만주에 사는 조선사람들 치고 많든 적든 군자금을 안 내는 사람은 거의 없었다. 이미 군자금을 낸 그들은 이중 부담을 당하면서도 전혀 그런 눈치를 보이지 않았다. 독립군들은 그 고마움을 조금이라도 갚으려고 나무를 찍어다 장작을 만들거나 기울어진 울타리를 고쳐주거나 했다. 그건 홍범도 장군의 지시이기도 했다.

1919년 3·1운동 이후 우리 민족의 항일 투쟁은 한층 치열해졌다. 특히 카자흐스탄 동포사회의 정신적 지주였던 홍범도가 이끄는 대한독립군은 만주와 연해주 일대에서 큰 활약을 펼쳤다. 독립군은 봉오동 주민을 모두 대피시킨 뒤 일본군을 봉오동 골짜기로 끌어들여 기습적으로 공격했다. 좁은 골짜기에 갇힌 신세가 된 일본군은 커다란 피해를 입고 물러가고 말았다. 독립군은 사기가 올라서 4개월 뒤에 김좌진 장군이 주도한 청산리에서도 대승을 거두게 된다.

봉오동·청산리 전투에서 크게 패배한 일본군은 이후에도 독립군에 대한 공격을 멈추지 않았다. 일본군의 대대적인 공세로 독립군의 활동이 어려워지자, 홍범도는 부대를 이끌고 무기와 식량을 지원하기로 약속한 러시아로 건너갔다.

하지만 1925년 소련은 일본과 정식으로 외교관계를 수립하면서 고려인의 항일운동을 완전히 금지시켜버렸다. 이에 반발해 중국 만주로 넘어가는 사람들도 있었고, 남아 있는 사람들은 집단농장을 건설하면서 문화운동을 해나갔다. 홍범도 장군은 더는 독립군을 지휘할 수 없게 되었다.

> 그들은 동네가 가마득하게 멀어질 때까지 돌아보고 또
> 돌아보고 했다. 그들의 눈은 모두 눈물로 젖어 있었다.
> 집과 살림살이들을 고스란히 둔 채로 떠나는 것이었다.
> 그들이 가고 있는 길 양쪽으로는 질펀한 들녘이었다. 그
> 들녘을 보고도 사람들은 눈물을 떨구고 한숨을 토했다.
> 그들 대부분은 농민이었고, 그 들녘의 논들은 모두가 자
> 기들의 손으로 일구고 다독거려 왔던 것이다.

연해주에서 고려인마을을 이루며 살아가던 17만여 명의 고려인들은 1937년 스탈린의 한인 강제이주 정책에 따라 열차의 화물칸에 실려 중앙아시아에 내던져졌다. 스탈린은 1920년대 초반

부터 숙청작업을 진행해왔는데 고려인 지도자들도 살아남지 못했다. 홍범도 장군도 소비에트 적군에게 붙잡혀 카자흐스탄으로 끌려갔다. 일본군들에게 '하늘을 나는 장군'으로 불렸던 그였지만, 극장의 수위로 살다가 1943년 쓸쓸히 세상을 떠났다.

봉오동·청산리 전투 100주년을 맞은 올해 3·1절 기념식에서 문재인 대통령은 홍범도 장군의 유해를 고국으로 모시겠다는 의지를 보였다. 그가 고국으로 돌아오는 데는 무려 100년이란 세월이 걸렸다.

그동안 피땀 흘려 일궈 놓은 집과 토지를 잃어버린 고려인들은 열차를 타고 가는 동안 가족과 친척을 잃거나 혹독한 추위를 이기지 못하고 목숨을 잃기도 했다.

강제 이주 다음해 강태수는 연해주를 그리워하는 시 「밭 갈던 아씨에게」를 쓰고 당국에 체포되었다. 강태수는 이 시를 쓴 죄목으로 21년 동안이나 강제수용소와 벌목장에서 일하며, 고향 땅을 한 번도 밟아보지 못했다. 고려인들은 강태수 필화사건으로 이후 '조국'이란 말을 쓰지 못했다.

중앙아시아에 도착해서 그들이 마주한 땅은 농사짓기에 힘든 갈밭과 소금밭뿐이었다. 하지만 고려인들은 맨손으로 황무지를 개간하고 삶을 일구어냈다.

광주 고려인마을 거리와 고려FM 라디오방송국

　그렇게 절망의 세월을 이겨냈지만 1992년 소련이 해체되고 12개 독립국가로 다시 분리되자 소련에서 독립된 민족들은 잃어버렸던 자신들의 언어를 다시 사용하기 시작했고, 러시아어를 사용했던 고려인들은 또다시 이방인이 되었다. 고려인들은 연해주로 돌아가거나 아버지의 땅 한국으로 들어오기도 했다.

　광주 월곡동에 고려인마을이 자리잡고 있어서 찾아가 보았다. 고려인마을에 들어서자 러시아어로 쓰인 간판들과 환전소가 보였다. 진료소 앞에서 마을지도를 보고 있는데 고려인으로 보이는 여학생 둘이 지나갔다. 고려인종합센터를 찾아왔다고 했더니 방송국에 있는 선생님에게 물어보라고 했다.

　여학생들이 안내한 2층은 '고려FM'이라는 라디오방송국이었다. 학생들은 방송실에 있는 젊은 여선생에게 러시아어로 뭐라고 말하고는 자리에 앉아 헤드폰을 끼었다. 방송 출연을 하러 온 학

다문화아동커뮤니티센터와
고려인마을의 사랑방 고려인이주민센터

생들이었다. 선생은 어딘가에 전화를 걸더니 전화기를 건네주었다. 전화기 너머 목소리의 주인공은 이곳 고려인마을을 실질적으로 이끌이온 이천영 목사였다.

고려인종합지원센터는 밝은 파랑색 건물이어서 눈에 금방 띄었다. 이 목사는 건너편 건물 앞에 앉아 있었다. 마을은 바깥에서도 와이파이가 터져서 아이들이 이곳에 앉아서 휴대폰으로 게임을 하면서 논다고 했다. 아동센터와 청소년센터가 있는 곳이 고려인마을의 중심인 듯했다.

고려인들로 보이는 청년들이 그에게 러시아어로 말을 건네며 지나갔다. 150여 년간 다른 역사와 이념 속에서 살아온 그들의 언어는 낯설었다. 언어는 삶의 양식까지 결정하는 것 같았다.

건물 앞에 앉아 마을을 지나다니는 사람들을 바라보고 있으니 고려인들이 왜 이곳 광주까지 흘러왔으며, 그들은 우리와 어떤 동질성을 갖고 있는지 궁금해졌다. 그런 내 마음을 눈치를 챘는지 이 목사가 마을을 구경시켜 주겠다며 일어섰다.

고려인종합지원센터 1층에 있는 다문화아동커뮤니티센터 문을 열자 블록쌓기 놀이를 하고 있던 아이들의 시선이 일제히 몰려왔다. 이 아이들의 부모 중에는 자본금도 없이 가방 하나 달랑 들고 입국한 이들도 있을 것이다. 한국말을 전혀 하지 못하는 부모들이 정착을 위해 바쁜 생활을 보내는 동안 아이들은 이곳에서 시간을 보낸다. 돌봄이 그나마 이루어지고 있는 듯해 보였지만 아이들의 눈빛은 무언가를 찾고 있었다. 외국 이주민은 어딜 가나 거주국 사회에서 노동으로부터 배제된다. 아직 이 아이들에게는 부모가 세계의 전부이겠지만 부모는 아이들의 미래를 위해 마련해 놓아야 할 것이 많을 것 같았다.

이 목사를 따라 2층 계단을 올라가니 현관문이 활짝 열려 있었다. 고려인이주민센터는 여느 가정집과 다를 바 없었다. 안에는 고려인 너덧 명이 한 가족처럼 이야기를 나누고 있었다. 신조야 대표와 김 블라디미르 시인도 보였다. 신조야 대표가 러시아에서 먹는 차와 간식을 내왔다. 한국식 전통찬합에 담긴 것은 러시아 대추야자였다.

"외국인을 20년 동안 따라다닌 사람 처음 봐요. 우리 목사님 너무 불쌍해서 몇 번이나 후원을 거절했어요."

신 대표는 20여 년 전 한국에 처음 왔을 때 외국인 근로자를 돕던 이 목사를 운명처럼 만났다고 했다. 그러다 2002년 평동공단 다닐 때 이 목사의 도움을 받게 되면서 고려인 지원활동에 뛰어들었다. 그녀는 러시아에서도 한국말을 조금씩 써왔기 때문에 다른 사람보다 한국말을 더 빨리 배울 수 있었다고 했다. 두 사람 덕분에 현재 광주에 체류하는 고려인은 8천 명 가까이 늘어났고, 광주 월곡동은 고려인마을로 자리잡게 되었다.

김 블라디미르 시인은 신 대표와 달리 조용히 앉아 있었다. 투병중이라 기운이 없어 보였다. 이 목사가 김 시인은 한국말을 잘하지 못한다고 했다. 이 목사가 최근 나온 그의 두 번째 시집 『회상 열차 안에서』를 선물로 주었다. 한글과 러시아어가 같이 표기되어 있었다. 김 시인은 한국에 오기 전에는 우즈베키스탄 타슈켄트 대학에서 러시아문학을 가르치던 교수였다. 2010년 광주에 왔고, 과수원에서 과일을 따는 일을 하면서 틈틈이 시를 써 고려인들의 마음을 달래고 있다. 그의 시에는 고려인들의 유랑세월이 고스란히 들어 있었다.

나의 가족, 모든 자식과 손자들은

조상의 땅에서 안락하고 기쁘게 지낸다.

모두 미소 짓고, 친구처럼 지체 없이 돕는다.

가볍게, 신기하게, 아무런 말도 없이.

어디를 더 사랑하느냐고 내게 물어보면

둘 중 하나에게는 안녕을 고해야 되는데…

나의 두뇌는 "한국에서 살라"고 하는데

심장은 "타슈켄트를 버리지 말라"고 한다.

—김 블라디미르, 「우리는 전 세계로 뿔뿔이 흩어졌다」 중

광주 월곡동은 하남산업단지의 배후 주택단지로 개발되었는데 집값이 저렴해서 근처 공단에서 근무하는 고려인이나 외국인 노동자들이 거주하게 되었다. 고려인들은 대부분 임대료가 싼 단독주택이나 원룸에 거주하고 있었다. 김 블라디미르 시인같이 우즈베키스탄이나 카자흐스탄에서 온 지식인들도 많았다. 광주 고려인마을에 살고 있는 고려인들은 대부분 인근 공단 제조업체에서 단순 조립하는 일을 하고 있는데, 이들은 대개 150만 원에서 200만 원 정도의 월급을 받는다.

차를 마시고 일어서는데 내내 바쁘게 움직이던 신조야 대표가 현관문까지 따라 나왔다. 사람 챙기는 게 몸에 배인 듯 그녀는 환한 얼굴로 작별인사를 했다.

고려인마을에 사람들이 차차 몰려들면서 음식점이나 미용실 등 자영업을 하는 사람들이 늘어났다. 그중에 고려인마을 가족카페는 협동조합 1호점으로 낸 음식점이라고 해서 찾아가 보았다. 한 가족이 같은 이름의 가게를 세 곳이나 운영하고 있었다.

식당은 중국의 시골 가게처럼 아담했다. 벽에 붙어 있는 음식

고려인마을 가족카페와 러시아 전통음식

들을 보니 모두 러시아 현지 음식들이었다. 주문을 받으러 온 사람은 주인의 딸인 듯했다. 한국말을 잘 못하는 것 같아서 메뉴판을 손짓해가며 양고기와 소고기 샤슐릭, 빵과 마요네즈 샐러드를 주문했다. 홍차는 공짜냐고 물었더니 알아듣지 못한 건지 주인을 불렀다. 가게 주인은 내 말을 알아듣고 유창하지 못한 발음으로 천 원이라고 말했다. 그러면 마시지 않겠다고 했더니 웃으면서 그냥 서비스로 주겠다고 하는 여유를 보여 주었다.

'리뾰슈카'라는 빵이 먼저 나왔다. 우즈베키스탄에서 주식으로 먹는 이 빵은 어른 얼굴보다도 컸다. 한참 뒤에 커다란 꼬치구이 샤슐릭이 나왔다. 고기의 풍미가 입맛을 자극했다. 중국의 양꼬치와는 다른 맛이었다. 이것저것 물어보고 싶었지만 한국어가 통하지 않아 차를 마시고 일어섰다.

식당을 나와서 근처의 가게 주인과 잠깐 이야기를 나누어 보았다. 이곳 원주민인 가게 주인은 고려인들 때문에 원주민들이 떠나고 있고, 사고도 끊이지 않는다며 불평을 터뜨렸다. 그러면서 한국에 왔으면 자기들 식대로 살 것이 아니라 빨리 적응을 해야 될 것 아니냐며 적대심을 드러냈다. 고려인마을이 알려지면서 러시아어를 쓰는 사람들이 많이 들어오다 보니 문제가 심심찮게 일어나는 모양이었다. 그런 일이 일어날 때마다 원주민들은 모두

고려인들 때문이라고 생각하는 듯했다.

 낯선 타국을 떠돌아 광주에 와서 터전을 잡았지만 언어의 장벽과 문화 때문에 고려인들의 삶의 애환은 더 이어질 것 같았다. 이곳이 그들의 조국이 되려면 얼마나 더 많은 세월이 더 흘러야 할까.

    나의 대한민국이여, 우리를 이해해주오

    우리가 멀리서 산 것이 우리 잘못이 아니었음을

    우리는 한국말을 배우고 이해하지만

    그것이 쉽지 않다는 것도 믿어주오

    나의 조국이여! 그대에게 감사한다

    우리는 밝은 날을 정말 오래도록 기다렸다

    80년이 흘러 드디어 우리에게 기쁨이 왔다

    우리 모두에게, 우리 자식과 손자들에게

                          -김 블라디미르, 「80년이 흘러」 중

민초들의 저항정신

소심당   광주제일고   광주5·18유적지
조아라기념관

📖 책 속의 책

문순태, 「낮은 땅의 어머니」, 2013
임철우, 『봄날』, 1997

광주의 어머니 소심당 조아라기념관

1919년 3·1운동 때에는 수피아 여학교 1회 졸업생인 박애순 선생의 지휘 아래 전교학생이 만세운동에 적극 가담하여 김양순, 최경애, 최수향 등 23명이나 옥고를 치렀다. 그 후에도 계속하여 한반도 13도를 상징하는 가극 '열세집'을 공연하는 등 지속적으로 민족의식을 고취시켰다.

-『낮은 땅의 어머니』 중

광주의 젖줄 광주천변을 따라 걷다가 양림교를 지나 부동교 아래까지 왔다. 1919년 3월 10일 치마저고리를 입은 여학생들은 수피아 여학교에서부터 아리랑을 부르며 만세운동을 시작했다. 수피아 여학교 박애순 교사와 학생 60여 명이 밤새 치마를 찢어 태극기를 만들고 시민들에게 나누어줄 독립선언문을 준비했다.

수피아 여학교 학생들은 부동교 아래에서 다른 학교의 학생, 시민들과 합류하여 서문통을 지나고 광주우체국 앞을 돌아 금남로까지 만세를 부르며 나아갔다. 시위대가 광주경찰서 쪽으로 향하자 일본 기마 헌병이 돌연 시위대 맨 앞에서 큰소리로 대한

독립만세를 부르던 수피아 여학교 2학년 윤형숙의 왼쪽 팔을 일본도로 내리쳤다. 잘려나간 팔은 땅에 떨어졌고, 윤형숙은 잠시 정신을 잃었다. 하지만 곧 정신을 차린 윤형숙은 잘려나간 팔에 쥐어져 있던 태극기를 오른손으로 다시 집어들고 더 큰 소리로 "대한독립만세"를 불렀다.

이 광경을 본 군중들의 만세소리는 더욱 커졌다. 일본 헌병들은 한쪽 팔이 잘린 채 만세를 외치는 윤형숙을 보고 깜짝 놀랐다.

일본 헌병이 취조 중에 "너의 이름이 무엇이냐"고 물었을 때 윤형숙은 "나는 보다시피 피를 흘리는 조선의 혈녀다"라고 말했다. 윤형숙이 뜻을 굽히지 않자 일본군은 그녀의 오른쪽 눈까지 멀게 했다.

근대 개화기 양림동에 광주 최초로 기독교와 서양문물이 들어왔다. 이곳에 들어온 서양 선교사들은 학교를 지어 근대식 교육을 했고, 병원을 지어 아픈 이들을 돌보았다. 그들이 지은 수피아 여학교의 학생들은 일제강점기 3·1만세운동에 앞장섰고, 광주기독병원은 5·18광주민주화운동이 일어났을 때 부상자들을 치료해주는 곳이 되기도 했다. 한국을 제2의 고향으로 생각하며 한국 이름을 가지고 살았던 푸른 눈의 선교사들은 과거 아이들이 전염병에 걸리면 내다버렸던 풍장터인 양림동 뒷산에 묻혀 있다.

그들은 죽음의 터에서 삶의 빛을 보았던 것일까. 양림동의 개화 분위기 때문에 많은 문인들이 이곳을 거쳐갔고, 소설가 문순태도 이곳에 머물렀다.

우리 민족의 한을 다룬 작품을 써온 문순태 작가는 2013년 '광주의 어머니'라 불리는 YWCA 명예회장 조아라의 탄생 100주년을 맞아 그녀의 일생을 다룬 자전적 실명소설 『낮은 땅의 어머니』를 썼다. 조아라와 동시대를 살았던 작가는 이 책에서 무등산 같은 조아라의 모습을 꾸밈없이 보여주고 있다.

양림동에 있는 수피아여자고등학교 입구에 들어서니 광주3·1 만세운동 기념상이 바로 보였고, 그 옆에 조아라 기념비가 있었다. 조아라 역시 윤형숙의 모교인 수피아 여학교에 다니면서 배운 사상으로 평생에 걸쳐 사회에 참여하는 삶을 살았다.

광주기독병원을 지나 조아라기념관으로 걸어갔다. 푸른 잔디밭 정원이 펼쳐진 곳에 실물 크기의 조아라 사진이 엄마처럼 어서

수피아여고

소심당 조아라기념관

들어오라고 몸짓을 했다. 문을 밀고 들어서니 여성 자원봉사자가 얼굴에 가득 웃음을 띠고 맞았다. 1층에는 조아라의 활동 사진들이 전시되어 있었다.

조아라가 아는 사람 중 한 명이 다른 사건으로 가택 수색을 당했다. 그의 일기장에서 고등과 재학시절인 1929년 11월 '광주학생독립운동'에 참여한 직후 발족된 비밀결사에 관련된 내용이 적혀 있었다. 소위 말하는 '수피아 백청단 은지환 사건'의 주동자로 주목 받은 거였다. 뒤에 알게 됐지만 그 때문에 조아라 말고도 동문 열여덟 명이 연행 조사를 받았다고 했다.

수피아 여학교에서 교직 생활을 하고 있던 조아라는 1929년 광주학생독립운동이 일어났을 때 학생들의 비밀결사인 백청단을 만들었다. 10여 명의 백청단 단원들은 은반지에 단원임을 표시하는 암호를 새기고 항일투쟁에 나섰다.

그러다가 조아라의 지인 중 한 명이 다른 사건으로 가택 수색을 받게 되었는데 지인의 일기장에 적힌 비밀결사 활동이 뒤늦게 밝혀져 조아라는 주동자로 연행되었다. 한 달 뒤 풀려났으나 조아라는 이 일로 교사직을 박탈당하고 요시찰 인물이 되었다. 그녀는 이 일을 겪고나서 평생 불의에 맞서기로 결심했다.

당시 수피아 여학교 교사였던 선구적인 여성교육자 김필례의 영향으로 조아라는 평생을 YWCA를 위해 살았다. 조아라는 결혼한 지 4년만에 남편을 잃고 아이들을 키우면서 불우아동들을 위한 야간중학교를 설립했으며, 윤락여성들의 엄마노릇을 하느라 뛰어다녔다.

5·18광주민주화운동이 일어났던 날 조아라는 서울에 있다가 광주 사정을 듣고 그날로 광주로 내려왔다. 그녀는 매일 분수대가 있는 도청 앞 광장으로 나갔고, 남동성당에서 재야수습대책위원들과 함께 했다. 하지만 타협은 이루어지지 않았고, 27일 새벽 계엄군은 열흘간의 항쟁을 한 번에 제압해버렸다. 항쟁이 끝난 뒤 계엄군은 재야수습대책위원들을 연행했고, 칠순이 다 된 조아라 역시 보안사로 끌려갔다.

근대여성운동의 1세대 조아라는 2003년 92세로 생을 마칠 때까지 '낮은 땅의 어머니'로 살았다. 조아라기념관 2층에는 한국여성운동의 살아있는 역사요, 광주민주화운동의 대모였던 그녀의 넉넉한 웃음이 가득했다. 자원봉사자도 생전의 그녀의 웃음을 잊지 못한 듯했다.

조아라기념관을 나오면서 나는 자원봉사자를 꼭 껴안았다. 억눌리고 가난한 이웃들을 품었던 조아라의 마음으로 말이다.

광주학생독립운동의 발상지 광주제일고

1929년 10월 30일 나주역을 출발 광주로 향하는 통학 열차에서 내린 일본인 중학생들은 광주여자고등보통학교 학생인 박기옥, 이광춘 등의 댕기머리를 잡아당기며 희롱했다. 이 광경을 목격한 박기옥의 사촌동생 박준채는 분노하여 항의했으나 말을 듣지 않자 난투극이 벌어졌다.

이를 본 일본경찰들이 일본인 학생 편을 들자 광주고등보통학교(광주고보) 학생들은 불의한 차별에 대해 집단으로 항의했다.

광주 지하철 1호선 금남로5가역에는 광주학생독립운동 홍보관과 1959년에서 2005년 사이에 개봉된 남도를 대표하는 영화 포스터가 타일벽화로 붙어 있었다.

"우리는 피 끓는 학생이다. 오직 바른길만이 우리의 생명이다."

금남로5가역의 광주학생독립운동 홍보관과 광주제일고

홍보관에서 이 글귀가 첫눈에 들어왔다. 한국 역사의 전환기에는 늘 학생들이 있었다는 사실이 새삼 되새겨졌다. 전시관에는 당시 학생운동에 참여했던 주역들의 사진이 보였다.

거의 한 세기가 지나갔고, 지금 시대의 학생들에겐 먼 나라의 이야기로 들릴지도 모르겠다는 생각이 들었다. 학생들은 왜 학생운동을 기억해야 할까. 우리는 학생들에게 당시의 현장을 어떻게 얘기해 주어야 할 것인가. 역사를 가르치는 교사들의 고민이 열차 소리에 묻히고 있었다.

지하철역을 나와 금남로5가역 근처에 있는 광주학생독립운동의 발상지를 찾아갔다. 광주고보는 광주제일고등학교로 명칭이 바뀌어 있었다. 정문으로 들어서자 양쪽 사자상 사이로 광주학생독립운동기념탑이 보였다.

11월 3일은 학생독립운동기념일이다. 1929년 11월 3일 이곳에서 충장로로 뛰쳐나간 광주고보생들의 항일운동을 기념하는 날이지만 잘 모르는 사람들이 많다.

1954년에 제막된 광주학생독립운동기념탑의 맨 밑단에 당시 학생들의 모습이 부조로 조각되어 있었다. 그 위에는 금남로5가역 전시관에서 본 글귀가 적혀 있었다. 상당히 오래전에 만들어진 것이라 세련되진 않았지만 새겨져 있는 학생들의 눈빛과 글귀에서 강인한 힘이 느껴졌다.

운동장 한편에서 야구부가 훈련을 하고 있었다. 이 학교 야구부는 훈련 시작 전과 전국대회 출전을 위해 서울로 올라가기 전에 이 탑에 들러 참배를 하고 간다고 한다. 세월이 많이 흘렀는데도 그때의 정신이 후배들에게 전해지고 있다는 것이 대견했다.

광주학생독립운동기념탑

열흘간의 항쟁 광주 5.18 유적지

● 옛 전남도청

5월 18일 08:30, 전남대학교

(······)

명기는 다리 난간에 기대어 섰다. 거기서부터 정문까지의 공간은 텅 비어 있었다. 양쪽 작은 출입구만을 남기고 교문은 굳게 잠겨 있었다. 손수레 한 대가 겨우 빠져나갈 수 있을 정도의 그 샛문 앞에 보초가 각각 한 명씩, 그리고 육중한 철문 너머 안쪽에 칠팔 명의 공수대원들이 진압봉을 움켜쥔 채 도열해 서 있는 모습이 보였다. 그들의 얼룩무늬 철모와 군복, 등에 맨 소총, 그리고 손에 쥔 진압봉이 그들을 얼핏 똑같은 복제품 로봇처럼 보이게 만들고 있었다. -『봄날』중

1979년 박정희가 김재규의 총에 맞아 쓰러지자 억눌렸던 한국 사회는 요동치기 시작했다. 1980년 5월 초에는 전국에서 집회와 시위가 일어났다. 12·12 군사반란으로 정권을 탈취하려고 했던 신군부는 민주화 열기가 피어오르자 5월 17일 비상계엄령을 내

려 시위 주동자들을 검거하기 시작했다.

부마항쟁 당시 부산, 마산 시민을 잔혹하게 진압했던 계엄군은 이번엔 광주로 향했다. 5월 18일 오전 전남대 정문에 집결한 학생들은 계엄해제를 외쳤다. 계엄군은 시위대를 진압하여 해산시켰고, 학생들은 시내로 가서 시위를 이어갔다. 신군부는 오후 3시경 공수부대를 투입해서 일반 시민들에게도 진압봉을 휘둘렀고, 부상당한 시민을 태운 택시를 세워 끌어냈으며, 항의하는 택시기사까지 두들겨 팼다. 상상을 초월한 진압작전이었다.

임철우는 당시 전남대학교 복학생이었다. 그는 몇 개의 돌멩이만 던졌다는 부끄러움과 죄책감으로 10년 동안 1980년 5월 그 열흘 동안 일어났던 일을 기억해내며 장편소설 『봄날』을 썼다. 살아남은 자의 부채의식은 그를 오래 괴롭히다가 작품으로 빚을 갚은 것이다. 소설 형식을 띠었지만 그는 상상력을 별로 쓰지 않았다고 했다. 그를 불러냈던 것은 피 묻은 옷자락에서 빠져나간 그날의 원혼들이 아니었을까.

1980년 5월 19일 총에 대검을 꽂고 다시 나타난 공수부대원들은 금남로와 충장로 일대에 몰려든 시위 군중과 지나가는 시민들을 마구 살육했다. 사람들은 급하게 달아났고 거리에는 주인을 잃은 신발들이 즐비했다.

5월 20일 공수부대의 무자비한 진압에 분노한 택시 기사들은 무등경기장 앞에 모여서 궐기를 했다. 기사들은 택시로 금남로를 행진, 시민들의 박수와 응원을 받으며 계엄군의 마지노선인 도청광장으로 향했다. 목숨을 건 택시기사들의 행동은 시위 군중에게 새로운 힘과 자신감을 주었다. 잠시 몸을 피했던 시민들은 다시 거리로 모여들었고, 민주주의를 외치며 금남로 도청광장으로 향했다. 도청광장은 무장한 계엄군이 점령하고 있었고, 시민들은 이곳에서 그들과 대치했다.

사상자가 늘어나자 시민들은 스스로를 지키기 위해 무장을 하고 '시민군'이 되었다. 시민군은 도청광장의 모든 길목에서 계엄군과 치열한 전투를 벌였다. 차량에 불을 붙여 계엄군의 바리케이드로 굴리기도 하고, 대형버스나 트럭을 몰고 계엄군의 총탄 세례를 받으며 돌진하기도 했다. 목숨을 건 시민군의 저항은 그칠 줄 몰랐다.

5월 21일 공포의 밤이 지나고 날이 밝자 계엄군에게 희생당한 사람들의 시신이 곳곳에서 발견되었다. 발길을 돌릴 수 없었던 시민들은 도청을 '시민군 본부'로 정하고 도청광장에서 연일 '시민궐기대회'를 열었다. 모든 시민에게 발언 기회가 주어졌고, 거침없이 자신의 생각을 밝혔다. 도청광장에서 직접민주주의가 펼쳐진 것이다.

5월 22일 10:00, 전남도청

(……)

곳곳에 불에 탄 차량들이 뼈대만 앙상한 채 아무렇게나 뒹굴고 있었고, 금남로, 동명로, 노동청 일대의 도로는 유리조각이며 깨어진 보도블록, 벽돌, 화분대 따위들이 어지럽게 널려 있었다. 불에 그을리거나 나자빠진 가로수, 파괴된 전화 부스 등이 마치 격렬한 전쟁이 할퀴고 지나간 현장 같았다. 차도 주변의 건물 유리창 곳곳엔 총탄의 흔적, 그리고 아스팔트 바닥엔 주인 잃은 신발짝이며 옷가지, 가방 따위가 굴러다녔다.

광주는 계엄군의 포위작전에 의해 외부와 철저히 차단되고 고립되었다. 방송은 계엄군의 잔인한 학살을 전혀 보도하지 않았다. 오히려 불순분자들의 선동에 의해 광주에 폭동이 일어났다고 보도했다. 이에 분노한 시위대는 방송국 앞으로 몰려가 참상을 그대로 보도하라고 주장했지만 답이 없자 성난 시위대는 방송국에 불을 질렀다. 도심은 전쟁터가 되어갔다. 하지만 오히려

5·18 최후항쟁지 옛전남도청

ACC

옛 전남도청 앞 광장

범죄율은 평상시보다 낮았다. 국가의 치안이 약화된 상황이었지만 광주시민들의 도덕성과 자치 능력이 빛을 발한 것이다.

언론의 침묵과 왜곡보도로 어디에서도 진실을 찾아볼 수 없을 때 시민군 대변인이었던 윤상원은 등사기로 〈투사회보〉를 만들어 사람들에게 진실을 알렸다.

5월 22일 17:00, 도청 앞 광장

(……)

지금까지 윤상현은 자신이 감당해야 할 최대한의 가능한 몫이란 바로 투사회보 작업이라고 판단하고 있었다. 사실 투사회보 일만 해도 그 자신의 몸이 몇 개라도 부족할 지경이었다. 일체의 공적인 언론 매체가 묶여버린 현 상황에서는 시민의 편에 서서 시민의 입과 귀가 되어줄 지하신문이 절대적으로 필요했고, 시민의 정서와 요구를 대변하고 정확한 상황 판단 및 앞으로의 투쟁 방향을 제시해내는 선전 적업이야말로 무엇보다 중요하다는 사실을 윤상현은 확신하고 있었다.

시민군이 전남도청을 사수한 5월 22일부터 26일까지 5일 동안, 광주에서는 시민공동체가 형성되었다. 시민들의 의견들을 모아 광주의 미래를 이끌어간 계획들이 수립되었다.

5월 27일 03:40, 전남도청 민원실

(······)

'이제 잠시 후면 모든 것은 종결되리라. 훗날 이 열흘간을 두고 사람들은 뭐라고 얘기할 것인가······'

문득 그런 생각을 떠올리다가, 윤상현은 고개를 저었다. 쓴웃음이 나왔다. 그것은 살아남은 자들의 몫일 뿐, 자신들에겐 오로지 눈앞에 닥쳐온 최후의 순간을, 그 예정된 운명을 저마다 혼자서 맞이하는 일만 남아 있을 뿐이었다. 그러자 감당할 수 없는 외로움이 한꺼번에 파도처럼 밀려들어왔다.

5월 27일 항쟁의 마지막 날 새벽 신군부는 탱크를 몰고 시민군들에게 다가갔다. 계엄군은 도청 건물 전체를 완전 포위하고 한 시간 동안 총을 난사한 다음 건물 안에 갇힌 시민군들을 모조리 끌어냈다. 10일간의 항쟁은 이렇게 막을 내렸다.

5·18 최후의 항쟁지 전남도청으로 올라가보았다. 2층 창가에

서 광장을 내려다보며 이곳에서 민주주의 불꽃을 애타게 기다렸을 사람들을 떠올려 보았다. 붉은 오월은 떠나갔고 하늘은 푸르렀다. 벌써 40년이 흘렀다. 5·18 영령들은 광주를 떠나갔을까.

임철우 작가는 『봄날』을 쓰는 동안 정신적으로 피폐해졌으며, 고통스런 기억을 반복하는 것이 얼마나 사람을 소모시키는 것인지 처음으로 알았다고 했다. 5·18에서 살아남은 많은 사람들도 고통스런 기억을 지고 살아야만 했다.

80년대 대학 교정에서 "산 자여 따르라~" 노래가 울려 퍼지면 학생들은 교문 밖으로 행진했다. 도청을 끝까지 사수했던 윤상원과 박기순의 영혼결혼식에 헌정된 '임을 위한 행진곡'은 당시 사회 변혁을 위해 시위를 했던 학생들에게 애국가보다 더 자주 불렸다. 이제는 5·18광주민주화운동 기념식에서도 불리고 있지만 한때 이 노래 제창을 두고 말들이 많았다. 이념을 바꿀 수는 있어도 가슴을 파고드는 노래는 마음에서 지울 수 없는 것이다.

옛 전남도청을 빠져나와 궐기대회가 열렸던 광장 시계탑 앞으로 가보았다. 40년 전 5월의 날씨처럼 무덥지는 않았지만 40년 추모 현수막을 달고 조용히 서 있는 옛 전남도청 건물을 보니 마음이 무거워졌다. 꽃이 떨어져야 열매를 맺는 모양이었다.

"이 시계탑이 모든 것을 알고 있다는 사실은 반드시 계속 전
승되어야 합니다. 이 시계탑은 자유의 기념물이자 한국의 민
주주의의 시작을 상징하는 것이기 때문입니다."

목숨을 걸고 당시 광주의 참상을 보도한 독일공영방송 NDR
위르겐 힌츠페터 기자가 쓴 기사가 민주광장 시계탑 아래 표지
판에 적혀 있었다. 한국 언론이 침묵하거나 북한괴뢰 운운하며
5·18광주민주화운동을 폭도라 몰아갈 때 힌츠페터는 광주시민
들이 외치는 소리를 듣고 눈물을 흘리면서 현장을 촬영하고 기
록했다. 진실이 얼마나 위험한 일인가를 알고 있었지만 그는 저
지선을 뚫고 광주로 들어와 사실을 보도했다.

신군부는 시계탑에 대한 기사가 나오자 시계탑을 농성광장으
로 옮겨버렸다. 하지만 시민들은 이 시계탑을 기억했고, 2015년
시계탑을 제자리에 복원시켜 놓았다. 머리를 겨우 숨겼지만 꼬리
를 들켜버린 그들 앞에 진실은 죽지 않고 나타나 매일 오후 5시
18분에 '임을 위한 행진곡'을 부르고 있다.

헬기의 꽁무니에서 전단이 뿌려지고 있었다. 눈부신 오월 아침의 하늘을 수놓으며, 그것들은 축제일의 꽃가루처럼 하얗게 펄럭이며 내려오기 시작했다.

"시민 여러분, 유언비어를 믿지 맙시다. 터무니없는 유언비어를 믿지 맙시다. 혼란이 계속되면 손뼉을 치는 것은 북한 공산당뿐입니다……."

헬기에서 들려오는 소리였다.

금남로 광장과 작은 도로 하나를 둔 곳에 새하얀 10층짜리 건물이 우뚝 서 있었다. 금남로 1가 1번지의 주소를 가진 전일빌딩245이다. 원래 이곳은 신문사와 방송국, 도서관, 미술관 등이 들어서 있었던 곳인데 5·18광주민주화운동 40주년을 맞아 '전일빌딩 245'라는 새 이름으로 개관되었다.

1980년 5월 27일 계엄군은 이곳 전일빌딩을 향해 헬기 사격을 했다. '245'는 벽과 천장, 바닥에 박힌 총탄의 숫자다. 이곳의 도로명 주소 역시 '광주광역시 동구 금남로 245'이다. 일상에 숫자를 새겨 그날을 기억하려는 의도가 엿보였다. 이 건물은 5·18 당시의 현장을 똑똑히 지켜보았다. 총탄 자국이 있는 곳은 주황색으로 표시되어 있었다.

1층에 있는 전일 아카이브에서 AR(증강현실) 태블릿을 이용하니 당시 헬기 사격 상황을 입체적으로 볼 수 있었다. 1층 중앙에서 3층까지는 원형계단이 위로 연결되어 꽃처럼 피어올랐다. 빌딩 내부는 복합문화공간으로 다양한 문화시설들이 들어서 있었는데 9층과 10층을 5·18기념공간으로 쓰고 있었다.

엘리베이터를 타고 9층으로 올라갔다. 모형 헬기가 공중에 매달려 있는 곳에서 5·18 만화영화가 상영되고 있었다. 아래에는 광주 시가지 축소 모형이 보였다. 아직 헬기 사격에 관한 진상규명이 이뤄지지 않았지만 이 공간에는 헬기 사격의 거짓 보도를 조목조목 비판하는 증거들이 전시되어 있었다.

다른 쪽 공간에는 물음표가 붙은 많은 문들이 있었다. 문을 하나씩 열어보니 5·18에 관한 진실들이 쏟아져 나왔다. "두드리라, 그러면 열릴 것이다"는 말처럼 간절하게 바라면 진실의 문은 모두 열릴 것 같았다.

10층으로 올라갔다. 전일빌딩은 1980년 5·18 당시 금남로에서 제일 높은 건물이었다. 창가로 가자 콘크리트 기둥 여기저기에 총탄 자국이 보였다. 그동안 헬기 사격과 관련된 증언들만 있

전일빌딩245와 건물 외벽의 총탄 자국

었는데 이 건물을 리모델링하는 과정에서 탄흔 245개가 발견된 것이다. 이후 공사 마무리 단계에서 25개가 추기로 발견되었나. 2017년 국립과학수사연구원은 이 자국이 헬기가 위아래로 움직이며 총탄을 쏜 것으로 보인다고 결론내렸다.

옥상으로 올라가니 전남도청과 금남로가 한눈에 내려다보였다. 5월 21일 공수부대가 배치되어 집중사격을 했던 곳이다. 옥상에서 5·18 당시 광주에 있었다는 한 중년남자와 이야기를 나누었다. 그는 그때를 회상하며 착잡한 표정을 지었다. 그는 이곳에서 도보로 30분 거리에 있는 곳에 살았는데 밤에는 불빛이 새어나가지 않게 창문에 이불을 걸어놓았고, 6·25전쟁 때보다 더한 공포를 느꼈다고 했다.

옥상에서 한동안 먹먹한 마음으로 있다가 8층에 있는 '카페 245'로 내려갔다. 임을 위한 행진에 내 발은 지쳤고, 목이 말랐다. 카페에서 2,500원짜리 커피를 시켰는데 광주 주먹밥을 서비스로 주었다. 5·18광주민주화운동 때 시민들이 시민군과 학생들에게 주먹밥을 주는 장면이 떠올라서 울컥했다.

시장통 아주머니들이 대야며 종이 상자를 들고 우르르
달려왔다. 대야 안에 담긴 김밥이며 주먹밥을 차 위로

전일빌딩245 내부

마구 올려준다. 음료수, 빵, 우유, 삶은 계란이 담긴 골판지 상자도 올라온다. 금세 차 안엔 먹을 것으로 가득 찼다. 태극기를 내오는 사람, 어느 틈에 준비했는지, 광목 천에 페인트로 구호를 적어넣은 플래카드까지 차체에 매달아주기도 한다.

광주가 고립되었을 때 광주의 아낙들은 골목길에 모여 솥단지를 걸고 불을 지폈다. 식구들을 먹이는 것처럼 밥을 짓고 주먹밥을 만들어 양은함지박에 담았다가 시민군 차량이 지나가면 건네주었다. 그날 이후 주먹밥은 광주공동체의 상징이 되었고, 광주의 음식점에는 주먹밥 메뉴가 생겼다.

창밖으로 5·18최후의 항쟁지 옛 전남도청이 보였다. 전일빌딩은 항쟁 최후의 날까지 이 자리에서 그 모든 것을 보았을 것이다.

● 5·18민주화운동기록관

새벽 다섯 시경, 계엄군 두 명이 총에 대검을 꽂은 채 방 안으로 들어와 손을 들라고 고함을 쳤다. 기자 신분증을 보여주자 순순히 방을 나갔다. 하지만 그들은 다른 방에 들어 있던 투숙객 중 젊은이들을 밖으로 끌고 나갔다. 기자들은 도청이 점령되었다는 방송을 들었지만, 창밖의 살벌한 분위기에 질려 나갈 수가 없었다. 그러다 조금 진에야 외신 기자들이 나서는 걸 보고, 동료 기자들과 함께 광장으로 나왔던 것이다.

소설 『봄날』은 통제된 계엄군의 경고문, 그리고 사망자들의 이름과 사망 이유까지 소설적 허구와 르포 형식을 병행하면서 열흘간의 항쟁을 세세하게 그리고 있다. 〈투사회보〉를 만들어 진실을 알리던 윤상원이 계엄군의 총에 맞아 죽고, 도청을 함락시킨 계엄군의 경쾌한 행진곡이 들려왔을 때 광주 주재기자 김상섭에게 남겨진 것은 분노와 굴욕감, 부끄러움이었다.

수십만의 시민들이 모여서 계엄군에 맞섰던 금남로 거리, 그날 하늘로 올라간 한 젊은 영혼이 옛 가톨릭센터 앞에 서서 지나가는 사람들을 내려다보고 있었다. 5·18 학살을 표현한 이이남 작가의 〈80년 그날에 대한 영혼의 기록〉이라는 제목의 조각상이었다.

5·18광주민주화운동은 2011년 5월 유네스코 기록유산으로 등재되었다. 5·18로드에 있는 5·18민주화운동기록관 입구에는 유

5·18민주화운동기록관 입구

네스코 마크가 돌에 새겨져 있었다. 유네스코는 5·18광주민주화운동이 대한민국의 민주주의와 인권의 전환점이 되었고, 동아시아 국가들의 민주화를 이루는 데도 기여했으며, 나아가 냉전체제를 깨뜨리는 데 도움을 주었다고 평가했다. 가톨릭센터였던 이곳은 5·18광주민주화운동이 벌어진 이후에 진상규명과 책임자 처벌, 이후 사업을 총괄하던 거점이었기에 5·18민주화운동기록관이 된 것도 자연스런 일이었다.

5·18광주민주화운동을 취재한 나의갑 기자의 취재수첩을 보니 당시 현장에 있었던 기자들의 답답했던 심정이 읽혀졌다. 분명 그날의 취재수첩에는 긴박한 상황이 생생히 적혀 있었지만 광주의 통곡은 언론에 한 줄도 보도되지 않았다.

이제 5·18광주민주화운동을 생생하게 증언하는 유물 8만 여 점이 이곳에 모였다. 그날을 담아낸 수많은 사진과 영상, 메모, 일기 등이 유네스코 기록유산으로 등재되었으니 북한군의 개입이니 빨갱이니 폭도니 하는 말들은 근거를 잃게 되었다. 이 기록물들은 수장고에 영구 보존될 것이다.

"역사는 승자의 기록"이라는 말처럼 기록되지 않은 것은 기억할 수 없다. 5·18광주민주화운동의 기록이 없다면 우리는 그날의 오월을 또다시 겪게 될지도 모른다.

투사회보 제작 모습과 나의갑 기자의 수첩
5·18광주민주화운동 당시 주인을 잃은 신발들

● 국립 5·18민주묘지

"제단에 올려질 희생양. 제단 아래 엎드린 군중들에게 그것의 피는 공포심과 함께 저항 의지를 포기하게 만드는 아주 놀라운 신통력을 가지고 있지. 바로 그 제물이 될 양 한 마리가 필요했어. 김대중의 정치적 고향이자 최대의 저항 예상 지역…… 결국 그들에게 선택된 것이야, 광주가."

전라도와 경상도의 지역 갈등의 뿌리는 깊다. 하지만 소문의 잎은 무성해서 진실을 찾아내기는 쉽지 않다. 5·18 관련 대표적인 허위조작정보인 '북한군 침투설'도 지역 갈등만큼이나 뿌리 깊다. 그동안 언론에서 거짓 보도들을 반복 생산해왔기 때문이다.

국립아시아전당에서 5·18민주묘지로 가기 위해 518버스를 탔다. 518버스는 대구에도 있다. 2019년 대구와 광주는 '달빛동맹'을 맺었다. 대구는 광주에게 손을 내밀었고, 광주는 대구의 손을 잡았다. 달빛동맹은 대구의 옛 지명 달구벌과 광주의 우리말 빛고을 앞 글자를 따서 두 도시 교류협력사업의 일환으로 만들어졌다. 이제 대구와 광주에 518버스와 228버스가 민주성지를 달리고 있다. 228은 부패한 이승만 자유당 정권에 항거하여 대구에서 일어난 학생 민주화운동을 상징하는 숫자다.

지역감정을 조장하는 망령들은 아직도 빨간 바이러스를 뿌려대고 있지만 겨우 맺어진 '달빛동맹'을 쉽게 깨뜨리진 못할 것 같았다.

518버스를 타고 30여 분만에 5·18국립묘지에 내렸다. 5월 광주를 상징하는 이팝나무가 도로변에 활짝 피어 있었다. 5·18광주민주화운동 40주년에 핀 이팝나무는 뜸이 잘 든 쌀밥 같았다. 이팝나무 꽃가지에 걸린 화사한 추모 리본이 어디선가 울려오는 '임을 위한 행진곡'에 맞추어 흔들리고 있었다. 입구에서부터 마음이 물컹거렸다. 계절은 차례차례 들어오며 죽어가고, 삶은 타오르다가 나이테를 새기고 죽어가지만 너무 일찍 핀 꽃들이라 이리 서러운 것일까.

'민주의 문'이 보이는 곳에 참배객들이 리본에 달 추모의 글을 쓰고 있었다. 추모 리본에 글을 쓰고 민주의 문으로 들어서니 한 줌의 흙으로 돌아간 수많은 영들의 외침이 일제히 들려오는 듯했다.

묘역을 가기 전에 왼쪽에 있는 5·18추모관부터 들렀다. 40년 전에 일어난 5·18광주민주화운동 희생자들은 불꽃이 되어 추모

관 입구에서 타오르고 있었다. 안으로 들어가니 눈에 익은 사진
이 보였다. 당시 6세였던 어린 아들이 아버지의 영정을 든 이 사
진은 전 세계 사람들을 울렸다.

추모관에는 희생자들의 유해와 함께 수습된 유품들이 전시되
어 있었다. 1980년 5월 22일에 멈추어진 태엽시계, 부패한 시신
들을 수습하기 위해 사용된 비닐, 시민들의 주검 위에 덮였던 태
극기……. 1980년 5월 30일 청소차에 실려와 망월동 제3묘역에
파묻힌 희생자와 함께 매장되었던 유품들이다.

2층 '민주의 샘'에서 흘러내린 물이 역사의 강을 건너 아래층
공간을 가득 메웠다. '한줄기 눈물'이라는 추모 공간이었다. 2층
으로 올라가는 계단에는 시인들의 추모시가 걸려 있었다. 5·18
광주민주화운동은 광주 시인들뿐만 아니라 수많은 문인들의 마
음을 광주로 돌려놓았다.

2층으로 올라가자 광주 시민을 학살하고 훈장을 받은 익숙한
신군부의 이름이 보였다. 전두환, 노태우, 장세동, 허화평……. 인
생은 역설이라더니 훈장은 나중에 그들의 범죄를 입증하는 증
거가 되었다.

추모관을 나와서 민주광장을 지나 추념문에 섰다. 수많은 묘지
들이 한눈에 들어왔다. 하늘은 그날의 핏자국을 지우고 눈부시

국립5·18민주묘지 입구, 민주의 문
추모관 외부, 내부

추모관의 '한줄기 눈물'

게 푸르렀다. 당간지주를 형상화한 추모탑 두 기둥은 새로운 생명이 탄생될 알을 품고 있었다. 추모탑 앞에서 영령들이 우주의 정신으로 거듭나길 바라며 분향했다.

윤상원과 박기순의 합장묘가 있는 1묘역으로 가보았다. 두 사람은 하늘에서 만났을까. '임을 위한 행진곡'은 두 사람의 묘 앞에서 처음으로 불려졌다. 이들의 영혼결혼식만큼 많은 사람들이 축가를 부를 일은 앞으로도 없을 것이다.

'광주사태'는 13년의 세월이 흐른 뒤에야 '광주민주화운동'으로 불렸고, '폭도'들은 '민주유공자'가 되었다. 망월동 묘역에 묻혔던 시신들은 1997년 5월 18일 국립5·18민주묘지로 승격된 이곳으로 이장되었다. 이제 그들은 안식을 얻었을 것이다.

무덤에 세운 비석의 뒷면에 새긴 사연들을 읽다가 "여보 당신은 천사였소, 천국에서 다시 만납시다"라는 글귀에 가슴이 미어졌다. 소설 『봄날』에 이 여인의 이야기가 잠깐 언급되어 있다. 임신 8개월의 임산부는 남편을 기다리던 중 집 앞 골목에 잠깐 나갔다가 계엄군이 쏜 총에 맞아 죽었다. 그 임산부의 뱃속 태아는 엄마가 죽고 나서도 한동안 꿈틀거렸다.

여행의 가장 큰 선물은 집으로 가는 것이다. 임을 위한 행진을 끝내고 오월의 눈물을 닦으며 나도 이제 집으로 간다. 군인들의

추모탑
윤상원, 박기순의 합장묘
망월동 5·18묘역

'화려한 휴가'에 놀랐던 꽃들도 고향으로 돌아가고 있었다. 우리네 삶도 여행을 끝내면 원래 왔던 곳으로 돌아길 것이다.

청춘의 꽃을 피우지 못하고, 늙음에 이르러서 꽃밭을 지날 때 죄지은 듯하여서는 안 될 것이다. 무등산이 멀어지면서 빗방울도 바람에 실려 갔다.

소설과 함께 떠나는 다크투어

인쇄일 2020년 8월 28일
발행일 2020년 9월 9일

글, 사진 이다빈
편집, 디자인 신지현

펴낸곳 아트로드
펴낸이 신지현
출판 등록 2018년 9월 18일 제010-000154호
주소 경기 고양시 일산동구 강송로169 한주프라자 503호
전화 031-906-6220
팩스 0303-3446-6220
전자우편 artroadbook@naver.com
홈페이지 artroadbook.modoo.at
인스타그램 @artroad_book

*이 책은 무림페이퍼에서 후원한 종이로 제작되었습니다.
 표지 네오스타스노우화이트 250g/㎡
 내지 네오스타미색 100g/㎡

ISBN 979-11-967944-6-0 (03810)

이 도서의 국립중앙도서관 출판예정도서목록(CIP)은 서지정보유통지원시스템 홈페이지(http://seoji.nl.go.kr)와
국가자료공동목록시스템(http://www.nl.go.kr/kolisnet)에서 이용하실 수 있습니다.
(CIP제어번호: CIP2020035513)